ハヤカワ・ミステリ

MAURICE LEBLANC

# ルパン、最後の恋

LE DERNIER AMOUR D'ARSÈNE LUPIN

モーリス・ルブラン

平岡　敦訳

TOKYO HAYAKAWA BOOKS

A HAYAKAWA POCKET MYSTERY BOOK

LE DERNIER AMOUR D'ARSÈNE LUPIN
by
*MAURICE LEBLANC*

装幀／水戸部 功

目次

# ルパン、最後の恋

〈付録〉

# ルパン、最後の恋

## おもな登場人物

**レルヌ大公**……………………元外交官
**コラ・ド・レルヌ**……………レルヌ大公の娘
**ヘアフォール**…………………伯爵。コラの《四銃士》のひとり
**アンドレ・ド・サヴリー**……大尉。コラの《四銃士》のひとり
**ドナルド・ドースン**…………元貴族。コラの《四銃士》のひとり
**ウィリアム・ロッジ**…………ドースンの友人。コラの《四銃士》のひとり
**オックスフォード公**…………次期英国王候補
**トニー・カーベット**…………オックスフォード公の秘書
**フイナール**
**プス＝カフェ**
**ドゥーブル＝チュルク**
……《人殺し三人組》
**ラ・クロッシュ親爺**…………廃品回収業者
**ジョゼファン**…………………ラ・クロッシュの息子
**マリ＝テレーズ**………………ラ・クロッシュの娘
**フルヴィエ**……………………予審判事
**アルセーヌ・ルパン**…………怪盗紳士

# プロローグ

# I　アルセーヌ・ルパンの先祖

「ご主人、ルパン将軍はいるかね？」

「ええ、大佐殿。でも、お休みでございます。先ほどお着きになったときにはもう、眠くてたまらないとおっしゃって」

バラバス大佐は部隊が宿営しているマルヌの旅籠《はたご》に入ると、階段を駆けあがった。そして息を切らせながら、廊下で立ち止まった。

「眠っているのか？　だったら起こしてくれ」

「いけませんよ、大佐殿。将軍に叱られます」

「いいから起こせ」

「そうおっしゃられても……」

「早くしろ。急いでいるんだ」

「でも、大佐殿……」

「皇帝陛下のご命令だぞ」

「わたしは、ここに！」とむこうから声がする。

ばたんとドアがあいたかと思うと、戸口にパジャマ姿の大男があらわれた。

「わたしは、ここに！」

男はそう繰り返したが、大佐に気づくと急に親しげな口調になった。

「なんだ、きみか、バラバス。どうしたんだ？　まあ、入れ」

二人は部屋に入った。軍服が乱雑に脱ぎ捨ててある。

「もう充分眠っただろ？　食事はすんだのか？」と大佐はたずねた。

「腹はへってない」

「ともかく服を着たまえ。皇帝陛下がお呼びだぞ」

それを聞いてルパン将軍は、ばねが弾けたみたいに飛びあがり、たちまち軍服姿に着がえた。そのあいだにも、訪問客に質問をする。

「いったい何ごとなんだ？」

「きみしか果たせない任務があるとかで」

「だったらその任務は、もう果たされたも同然だ」

将軍はドアをあけて呼びかけた。

「ブリシャント！」

当番兵が入ってくる。

「はい、将軍殿」

「クレオパトラに鞍《くら》を置け。大至急だ！ それから、副官のダルニエに伝えろ。中尉を何人か見つくろって、いっしょに来る準備をするようにとな。皇帝陛下に会いに行くのだ。一分も無駄にできん」

ブリシャントはしっかりとした足取りで退出した。

ルパン将軍はまたたくまに身支度をすませたが、階段を降りかけて立ち止まると、心配げに友人をふり返った。

「ところでバラバス、午後の戦いは負けたわけじゃないだろうな？」

「いいや、将軍。皇帝陛下が得た勝利は、日々堅固になっている」

旅籠の前では馬具を着けた馬が、前足で地面を蹴っていた。そこに士官たちも到着する。ルパン将軍は鞍に飛び乗ると、号令をかけた。

「さあ、進め！」

土埃を舞いあげ、分遣隊は司令部めざして馬を走らせた。バラバス大佐が先頭に立って、皇帝が宿営する小さな村へと一行を導いた。ルパン将軍もその隣にいる。

日暮れの道を、二人は黙って進んでいった。けれどもしばらくすると、ルパンはまた心配になった。

「それじゃあ、たしかに勝利したんだな？」

「きみがよく知っているはずじゃないか、将軍。今回の成功には、大きく貢献したのだから！　さっきも皇帝陛下がおっしゃっていたぞ。《ほかならぬフランス軍がモンミライユの戦いに勝てたのも、ルパン将軍の尽力があったればこそだ》ってな」

「なんとまあ、それじゃあモンミライユの戦いは、分隊の将軍によって勝ち取られたものだと？」

「いや、きみはもう師団の将軍だ。正式には明日知らされることになるだろうが」

ルパン将軍は驚いたようにうなずいた。

「このあいだ見てもらった女占い師にも、そう言われたよ。占い師はこうも断言した。近々おれは結婚し、子孫のひとりはアルセーヌという名前で、世界的な有名人になるだろうって。どうやらそれも、信じざるを得ないな」

バラバス大佐はにっこりした。それから二人は黙ったまま、馬を急がせた。聞こえるのはぱかぱかという軽快な蹄の音と、日暮れの田園地帯に響く穏やかな物音だけだった。
四、五十分ほど走ったあと、分遣隊は鄙《ひな》びた宿屋の前に着いた。いつにない軍隊の出入りで、あたりは活気づいている。広場には物見高い人々が群れ集まり、窓を見あげていた。やがて窓に明かりが灯ったかと思うと、すぐに大きなカーテンが引かれた。あのむこうに、かの威厳に満ちた人物がいるのだ。危機に瀕したフランスの命運を握る人物、万人の期待を一身に担う人物が。

短い号令がかかると、分遣隊は馬から降りた。バラバスとルパンは衛兵と挨拶を交わしたあと、二階に駆けあがった。ルパンは執務室代わりの部屋に通された。

皇帝はひとりだった。部屋の奥に置いた机の前にすわり、地図を広げて作戦を練っている。二月半ばの、まだ寒い晩とあって、大きな暖炉に薪《たきぎ》が赤々と燃えていた。肘掛け椅子には、あの有名な帽子と灰色のフロックコートが鎮座している。

「ああ！　きみか、ルパン」

「お呼びでしょうか、陛下？　遅くなって申しわけありません」

「いやいや……予想より十五分も早かったさ」

将軍は気をつけの姿勢を崩した。ナポレオンは立ちあがり、暖炉に近よった。炎の光が、むくんだ横顔を浮かびあがらせる。皇帝は白い裏地のついた緑の上着に白い半ズボンという戦闘服姿だった。ブーツも履いたままなので、小テーブルにむかうときこつこつと床が鳴った。テーブルのうえに置かれた道具箱には、金メッキした銀製のカップや皿が入っている。そのわきには、ハムやソーセージといった軽食が用意されていた。皇帝はふり返って、ルパンにたずねた。

「睡眠は充分とったかね？」

「いいえ、陛下。眠らずとも大丈夫ですから」

「お腹は？」

「さあ」

皇帝は丸テーブルの前の椅子を指さした。

「そこにすわって、食べていきたまえ」

将軍は断わりの身ぶりをしたが、皇帝はいつも戦地に持参する皿のなかから一枚を抜き取り、肉を四、五枚見繕《みつくろ》って乗せると、彼の前に置いた。

「さあ、食べて」と皇帝は繰り返し、ナイフやフォーク、パン、ロゼ・ワインをなみなみと注いだグラスを差し出した。

ルパンは言われたとおりにした。けれども時間を無駄にすることなく、任務についてたずねた。

「何をすればよろしいのでしょうか、陛下？」

「国境近くのアルザス城は知っているな？」

「そこへむかえと？　ええ、ランパティ司令官も存じておりますが」

「実はあの城で、陰謀が企てられているんだ」

「それでは、陰謀に加わっている者たちを捕えればいいのですね？」

ナポレオンはそのとおりだと身ぶりで答え、苛立たしげに部屋を歩きまわった。そのあいだにもルパン将軍は食事を長引かせまいと、食べ物を口に詰め込んだ。将軍はさっきから気になって考えていることがあったが、とりあえず食べ終わると手の甲で垂れ下がった口ひげを拭った。それから立ちあがって主人の前で傲然と身がまえ、遠慮会釈もなく問いただした。

「失礼ながら、陛下、この事件は第二のアンギャン公事件（一八〇四年、アンギャン公ルイ・アントワーヌがナポレオンに対する反逆の罪で処刑された冤罪事件）とはならないでしょうね？　その手の話に関わるのはごめんです。わたしは軍人であり、政治家ではありませんから。それにわたしだけではない、陛下ご自身のためにもなりません。はっきり申しあげますが」

「余計なことは言わんでいい。何をどうするかは、自分でよくわきまえておる！」とナポレオンは大声で言うと、崩れかかった薪《たきぎ》を怒りにまかせて蹴った。すると花火のように火の粉が立ちのぼった。けれどもナポレオンは、すぐに平静を取り戻した。ルパンは軍隊の忠実な部下だ。彼のずけずけとしたもの言いも気に入っている。ナポレオンはルパン将軍の肩に手をかけた。

「いいや、心配しなくていい。これはアンギャン公事件とは違う……むこうにモンカルメ伯爵夫人がいるから、彼女が肌身離さず持っている本を奪い取り、わたしに届けてくれ。モンカルメ家の『理《ことわり》の書』は知ってるな？　フランス語の本はきみの家にもあったろうが、その英語版なんだ。フランスの名家が残した回想録集で、代々伝えられた出来事や経験、秘密の集大成と言ってもいい。わたしはどうしてもそれを手に入れねばならない。というのも英語版には、フランス語版にはない一文が含まれているからなんだ。ジャンヌ・ダルクの告白部分でね。そこにはジャンヌ・ダルクが戦場を駆けまわりながら集めてきた、イギリス政治の大方針が明かされている。なかにはこんな一節もあるそうだ」


地上を制する者は、すべての黄金を手にするだろう。

すべての黄金を手にする者は、地上を制するだろう。

イギリスをケープへむかわせねばならぬ。

アフリカの南をすべて、わがものにしなければ。


「なるほど」とルパン将軍は言った。「イギリス軍がせっせと成功にむかっていたとき、わが一家はカナダがフランスのものになるよう戦っていました。イギリス軍に奪われたカナダ……とりわけモンカルム（フランスの軍人。カナダ総司令官。彼の失策により、フランスはイギリス軍に破れた）のせいで奪われたカナダを」

「たしかに」と皇帝は続けた。「だがその本を、わたしはすべて読みたいのだ。きっと貴重な発見があるだろう」

「必ずお持ちします、陛下」

「五十人ほど引き連れていけ。わが妹の夫やタレイランを……むこうではみんな集まって、陰謀の協議をしているはずだ」

「あの城はマルモンのものでは?」

「やつが首謀者なのさ」

「ほかに司令役はいないのですか?」

「いるとも、モンカルメ夫人だ。彼女はマルモンの愛人でな。謀反人どもを全員引っ捕え、ここに連れてこい」

「さっそく捕まえにまいりましょう。でもその前に、陛下、褒美《ほうび》を所望してもよろしいでしょうか?」

「元帥の杖《つえ》ではどうだ?」

「それでは、新たな元帥ということで?」

「いいや、マルモンの代わりだ。悪くはあるまい? 不満そうだな。ほかに欲しいものがあるのか?」

「実はその……女を……」

「いや、それはだめだ。あの女は気に入っている。わたしの元に置くので、手出しをするんじゃない」

ルパン将軍は一瞬黙ったが、またすぐに口を開いた。

「お聞きください、陛下。モンカルメ家とカボ=ルパン家は、これまでずっとノール地方きっての二大名家でした。何世紀も前からずっと、互いに競い合ってきたのです。両家を隔てる憎悪のせいで、殺人や侮辱、強奪があとを絶ちませんでした……力ずくで征服された女も少なくありません。その数で言ったら、カボ=ルパン家は二桁三桁も被害は大きいでしょうね。だからこそ、ここでモンカルメ夫人を少しばかり辱めてやるのも痛快かと」

皇帝の顔に笑みが浮かんだ。

「おまえも食にはうるさいってわけか。その話はあとにしよう。まずは本を持ってこい……それに女も」

「陛下、モンカルメ夫人はわたしの従姉妹《いとこ》です……彼女を妻にしたいと思っています」

「あの女はイギリス国王の愛人でもあるのだぞ……ともかく褒美の話は、無事任務を果たしてからだ」

ナポレオンは懐中時計に目をやり、こう続けた。

「なんなら十分ほど眠ってもかまわんぞ。起こしてやるから」

「眠くはありません、陛下。供の兵を集めて出発します」

皇帝はひとりで、もの思わしげにじっと立っていた。

数分後、騎馬隊が急いで出発する聞きなれた物音が、広場の石畳に響いた。

すると皇帝はゆっくりとした足取りで執務机に戻り、どっかと腰をおろしてルーペを手にすると、また地図を検討し始めた。戦う男の心揺さぶる人影《シルエット》は、ほどなく現《うつ》し世の舞台を降り、歴史のなかへと入っていくのである。

## II　カリュプソの洞窟

ルパン将軍の小隊は休みなく馬を走らせ、やがて堂々たる領主館の前に到着した。当世風に改築してあるが、敵の侵入を防ぐ掘割や跳ね橋はかつての名残りをとどめている。

将軍は馬から降りると、塀に囲まれた庭の周囲に部下を配置した。掘割を越えて入口の低い扉にむかい、剣の握りでどんどんと叩く。なかからざわめき声が聞こえ、ほどなく扉があいた。顔を出した召使いに、ルパンはぞんざいに命じた。

「なかに隠れているとみえるが、ランパティ司令官はいるな？　呼んでこい。ルパン将軍がお目どおり願いたいと」

召使いが黙って姿を消すと、跳ね橋が下がった。

やがて司令官がやってきた。

「これはどうも、将軍。何の御用ですかな？」

「あなたのお客人が集まっているところに、案内していただこうかと」

「おやすいことです」

司令官は動じた様子もなく、ルパンの先に立った。大きな花壇のあいだを通って館の前まで来ると、正面玄関に続く階段をのぼる。二人は空っぽの部屋をいくつも抜け、石段を降りた先にある奥まった部屋に入った。中央棟の裏手にまわった端あたりだろう。そこは天然の洞窟を改装した居間だった。いくつも連なる鍾乳石のあいだを、似合いの飾り布がつないでいる。なかでは十二人ほどの男たちがテーブルを囲んでいた。みんなカードゲームに夢中らしく、ろくに顔もあげようとしなかった。

その前でルパンは身構えると、大声で呼びかけた。

「ところで諸君、ご協力いただけますかな？　全員、わたしといっしょに来るよう、ご準備願いたい。皇帝陛下のご命令です」

男たちは立ちあがった。ルパンはそのひとりひとりを愛想よく数えあげた。

「おや、ベルナドット。こんにちは、マルモン。モンカルメ夫人はおられますね？」

するとあちこちから不満の声があがった。

「モンカルメ夫人だって！　そんな人は……」

「ほお、そうですか」

マルモンだけは否定しなかったものの、皮肉っぽい口調でこう言った。

「きみがやって来るあいだに、とっくに逃げてしまったとは思わないのかね？」

「ありえません」とルパンは答えた。「出入り口にはすべて、見張りを立ててありますから。わたしを見くびらないでいただきたい。観念して、夫人のところに案内してもらいましょうか」

マルモンはそれ以上逆らえず、言われたとおりにした。彼がカーテンの陰に隠された鉄格子をひらくと、ルパン将軍は天然の洞窟とつながる人工洞窟のなかに設《しつら》えた奇妙な閨房《けいぼう》のなかに入っていった。鍾乳石も同じなら——こちらは作り物だが——くすんだバラ色の柔らかな絹の飾り布も同じだ。調度品は丸テーブルに書き物机、趣味のいい腰掛けが数脚という簡素なものだった。

大きな長椅子に女がひとり、本を手にして寝そべっている。周囲の装飾よりもやや明るいピンク色のドレスは、肩と胸もとが大胆にあいて、なかなか魅力的だった。女は大柄でとても美人だ。燭台の光を受け、赤みがかった栗色の髪がきらきらと輝いた。

女は闖入者に気づくと、慌てるそぶりもなく起きあがった。

「あら、ルパン将軍じゃないの」

「ええ、わたしです。ごきげんいかが、従姉妹《いとこ》殿」

「こんなところまで、何をしにいらしたのかしら?」

「あなたを捕まえにですよ」

「わたしを捕まえに?」

「ええ、あなたを。わけはご存知のはずだ。いっしょに来ていただきましょう。皇帝陛下のご命令です」

「まあまあ、そんなに急《せ》かさないでくださいな。あなたといっしょに行くのはしかたありません。でもナポレオンのところに連れて行かれるのはまっぴらだわ。あんな男、顔も見たくない。わたしにご執心なのよ」

「それなら、皇帝から逃れる方法がひとつだけあります」とルパンは提案した。「わたしのものになりなさい」

女は答える代わりに、ただ大笑いしただけだった。

ルパン将軍は女に近寄ってひざまずき、むき出しの腕をやさしく撫で、白い肩にキスをした。

「ええ、わたしのものになるのです。あなたが恋しくてたまらない……」とルパンはささやいた。

この荒々しい情熱を利用しない手はないと、女はすぐに悟った。

「あなたに身をゆだねれば、逃がしてくれるのね。それなら受け入れましょう」

「取引ですか？」

「そう、公明正大な……」

ルパンは立ちあがった。

「わかりました。でもその前に、あなたが手に持っている本を渡してもらいます。それはモンカルメ家の『理《ことわり》の書』ですね？　英語版の？」

「これをどうなさるおつもり？」

「皇帝陛下にお渡しします。陛下がご所望なので」

「だめだと言ったら？」

「部下があなたを逮捕し、チュイルリ宮へ連行します。逃げようとしても無駄ですよ。城は包囲されていますから」

モンカルメ伯爵夫人は一瞬考えたものの、やはり負けだと悟った。それなら仕方ない。自分に首ったけの無邪気な自信家から、できるだけの助力を引き出さねば。そこで彼女は、またも目の前にひざまずいたルパン将軍の腕にしなだれかかり、やさしくこう話しかけた。

「さあ、どうぞ……わたしもずっと前から、こうなることを望んでいたのよ。気づかなかった？　あなたが好きだったの……さあ、これで決まり。間違いなく逃がしてくれるわね？」

「二言はないさ」とルパンは答えた。早くも女の唇を奪い、長椅子のうえに押し倒しながら。

しばらくして、性急なことのなりゆき《アヴァンチュール》に驚き陶然とした二人がわれに返ったとき、まず冷静を取り戻したのはルパンのほうだった。

「麗しの従姉妹《いとこ》殿」と彼は言った。「長年にわたる両家の抗争により力ずくで征服された女の数は、カボ＝ルパン家のほうがいささか上まわっています。おかげでひとつ、挽回できましたよ」

それからルパンは立ちあがり、軍服を整えた。

「ほらほら、時間を無駄にしないで。いいですね、わたしにはまだ果たすべき任務が残ってる。まずはあなたをここから出さなくては」

彼はまわりを見まわした。

「奥の出口はどこに通じているのですか？」

「野原によ。そこから簡単に国境を越えられるわ。国外へ逃れる手助けをしてくれる友人たちもいるし」

「なるほど。それでは支度をして、いっしょに来てください。まずは本をこちらに。これはぜひとも必要ですから」

「さあ、どうぞ」とモンカルメ夫人は言って、本を差し出した。ルパンが欲しがっている本と装幀はよく似ているが……それはソファのうえの棚から取ったものだった。

彼女はルパンの注意をそらそうとして、さっとその腕に飛び込んだ。けれどもルパンは、『理《ことわり》の書』が偽物とすりかえられたのを見逃さなかった。

彼は気づかないふりをした。そして女が服を着がえたり、金を用意したりしているあいだに、抜け目なく本物をいただいて、代わりに黙って偽物を置いておいた。

「それでは出かけましょう！　急いで！」

最後のキスを交わすと、ルパンは野原に出る小さなドアをあけ、立っていた歩哨を追い払って女を逃がした。

部屋に戻ると、反対側からナポレオンがあらわれた。《いやはや、危ないところだった！》とルパンは胸を撫でおろしながら皇帝の前に進み出て、不安げな声でこう告げた。

「本は手に入れました」

「どこに行っていたんだね？」と皇帝は疑り深そうにたずねた。

「モンカルメ夫人を逃がしてきたところです、陛下」

ナポレオンはそれを聞いても腹を立てなかった。あまりの大胆不敵さに、怒る気をなくしたのだ。彼はわだかまりなくルパンを見つめ、静かにこう告げた。

「元帥の杖をもらい損ねたな」

数カ月後、ルパン将軍は晴れてモンカルメ伯爵夫人と結婚し、廃墟となったオルセーの城に住んだ。

ナポレオンはモンカルメ家の『理《ことわり》の書』をじっくりと読み込んだが、それも無駄になった。本の威力、内容の正しさに間違いはなかったものの、そこから汲み取った指針を生かす機会が得られぬうち、ワーテルローの大敗によって、彼の夢とすべての可能性は潰えてしまったのである。

さてここから、カモールのお嬢さんことレルヌ大公令嬢の物語へと入ることにしよう。

# 1 遺言

一九二一年十二月、パリのイタリア大使館で盛大な舞踏会が催された。内輪の歓迎会《レセプション》ならばすでに何度かひらかれて、パリ社交界の再開を印象づけていたが、これは一九一四年から一九一八年にわたる大戦のあと初めての公式なパーティーだった。

大使夫妻は正面階段の下に立ち、招待客たちを出迎えた。二階に並ぶ豪華な部屋には、着飾った人々が次々にやって来た。二人連れや数人のグループが顔を合わせては挨拶を交わした。彼らは口々に感想を言い合いながらも、新たに到着する客たちの動きに目を配っていた。

声をひそめた会話、ダンスの会場から聞こえるオーケストラの音。それらすべてがひとつになって、がやがやとしたざわめきがとぎれなく続いていた。

とそのとき、突然あたりが静まり、すらりと背の高い若い女がひとりで入ってきた。彼女の装いと物腰がおりなす優美さといったら、まさにたとえようがない。その見事な調和は人々の目を釘づけにし、居並ぶきわめつけの美女たちもかすんでしまうほどだった。派手な装飾品はつけていない。巧みにドレープを寄せた気取りのないドレスは、ローズティーを思わせるピンクがかった黄色をしていた。ブロンドの髪は豊かに波打ち、長い巻き毛がしなやかな首筋まで伸びて、つつましくひらいた襟ぐりから見える肩にふんわりとかかった。ほのかに色づく顔にはまるで化粧っけがないものの、緑色の大きな目と長い睫がその初々しい魅力をいっそう引き立てていた。

彼女がもの憂げな足取りで歩いていくと、たちまち賞賛者たちに取り巻かれた。みんな彼女のまわりに殺到して、いっせいに挨拶を始める。

「レルヌのお嬢様、またお会いしましたね。お父様はお元気ですか?」

「コラさん、今日はまた一段とお美しい」

「いとしのコラ、いっしょに踊っていただけたら嬉しいのですが。最初のワルツはぜひこのわたくしと。おひとりですか? レルヌ大公はいらしてない?」

彼女はひとりひとりの相手をし終えると、隅の席に腰かけて愛想よく皆を追い払った。

「ここにいる方々を、しばらく眺めさせてくださいな。わたしはパーティーの光景が大好きなんです。輝く光、きれいな花、豪華な衣装に軍服……どれもがわたしには、飽くことのない楽しみなの。それにほら、あちらにセロルス侯爵が。彼とお話があるので、またのちほど……」

若い男たちが遠ざかると、セロルス侯爵がやって来た。もうけっこうな歳になるが、足取りは矍鑠《かくしゃく》としている。

「やあ、ここに来ればきみに会えると思っていたよ。レルヌ大公はいっしょじゃないのかね？」

「今夜は家にいます。父には自分の付き合いがあって、公《おおやけ》の集まりはあまり好きではないんです」

「でも今日のパーティーはすばらしい眺めじゃないか。まさに芸術品だ」

「そうですよね。非の打ち所がない人々が一堂に会したところを見ると、わたしはそのたび新たな喜びを覚えますわ」

侯爵は彼女の隣に腰かけた。

「先週、ブローニュの森できみを見かけたよ。話しかける間はなかったがね。レルヌは馬に乗り、きみはそのすぐわきで小型馬車《ドッグ・カート》を飛ばしていた」

「毎朝、あんなふうに二人で一走りするんです」

「ところで」と侯爵は続けた。「何カ月もパリを離れていたあいだ、何をしていたんだい？　読書とか？」

「ええ、古い作品をいくつも読みました。『感情教育』とか『昔日の巨匠たち』とか……フロベールは文体が気に入ったけど、何だか悲しみにあふれていて……フロマンタンには魅了されたわ。オランダ絵画の巨匠を論じたすばらしい本です」

「なるほど……自分ではまだ描いているのかい？」

「こちらに戻ってから、また始めました」

「上達のほどは？」

「していると思うのですが。新しい描き方も身につけたし、むこうではすぐれた画家たちの作品をじっくり観てまわりましたから」

「しっかりインスピレーションを授かってきたようだな。そのドレス、はっとするデザインじゃないか。目の色に合わせたベルトとスカーフが、ピンクがかった琥珀色にくっきりと映えている」

コラは喜びに顔を輝かせた。

「気に入っていただけました？　よかったわ。おじさま、批評家としての目はぴかいちですもの。これはゲインズバラ（十八世紀イギリスの肖像画家）の絵を、そっくりコピーしたんですよ。デヴォンシャー公爵夫人の肖像画を」

「その絵は知らなかったが……ここはひとつきみへの愛情に免じて、《批評家》たるわたしにほかの意見も言わせてもらえんかな。どうしてきみは悪い噂が立つようなことばかりするんだね？」

するとコラは憤慨《ふんがい》したように言い返した。

「人にどう思われようと、気にしないわ。非難されるようなことは、何もしていませんから」

「それは立派な心がけだとも。だが残念ながら既成の社会では、他人の目を考慮しないわけにはいかないんだ。人々の先入観や見せかけも、少しは尊重しなくては」

「例えばわたしがどんな非難を受けていると？　今夜だって、介添え役なしにここへ来たじゃないか……そんなもの不要だって言うんだろうが……若い娘がだぞ！　どうしてそんなふうに、自立した女を気取るんだ？　おかげで効果はてきめんだ。さっきも伊達男《だておとこ》どもが、いそいそときみのまわりに集まってくるのを見ただろう？　彼らはきみのことを、気安く扱っている。きみとは住む世界が違う女を扱うみたいにな。わたしとしては、それが腹立たしいのさ」

コラは無頓着そうな身振りをした。

「どうでもいいわ。みんな、ただのお馬鹿さんだもの」

「たしかに」と侯爵は続けた。「それくらいなら大したことではないが、もっと由々しき話もある。きみがロンドンから引き連れてきた《四銃士》とやらは、いったい何なんだ？　父親のレルヌ大公まで、あろうことか彼らを家に置いているとか。屋敷の庭にあるあずまやに住まわせているそうじゃないか。しかもきみはこれ見よがしに、彼らと出かけている。みんなその噂《うわさ》で持ちきりだぞ。それは本当なのかね？」

コラは滑り落ちそうになったスカーフを、優雅な仕草で首に巻きなおした。

「すべて本当のことです」と彼女は答えた。「ごく普通の出来事につけ加えられた中傷を除けば。四人はとても育ちがよく、気持ちのいいおつき合いのできる人たちです。彼らとは、たしかにロンドンで知り合いました。その後パリにやって来たとき、住む家がないというので、父が庭の端にある空き地の廃屋を使わせてあげたのです。ほら……古い聖具室とか、番人小屋とか。四人ともそれがいいと言いました。彼らが近くに住んでいれば、わたしも寂しくありませんし」

侯爵は困ったように肩をすくめた。

「そりゃまあ、きみの口から説明されれば、どうということない話だが、悪意のある連中はそう思ってくれない。やつらのたわごとのせいで、きみとの交際をさしひかえようとする者も出てくる。きみは自ら孤立の道を進んでいるんだ」

「日にちを決めて、定期的に行き来をするなんて、考えただけでもぞっとするわ。誰かと末永くお友達でいたいとも思いませんし。おじさまのような、選りすぐりの人は別にして」

そう言われて侯爵も大いに気をよくした。

「仕方ないな。だが女たちがきみを避けているのは嘆かわしい。きみも気づいただろう？　誰ひとりやってこないじゃないか。集まってくるのは男ばかり……来すぎるくらいだ……いくら言い寄っても、報われやせんのに」

コラはにっこりとした。

「ほら、ちょうど女の方がひとり、こちらへむかって来ますわ。屋敷の女主人が」

はたして大使夫人が、二人のほうへと歩いてくる。

「コラさん、捜していたんですよ。あなたに伝言が届いています。たった今、お父様からお電話があって、今すぐ帰ってきて欲しいとのことです。ご病気じゃなければいいのだけれど」

「父はわがままなものですから。何かあると、ひとりではどうにもできないんです。わたしはいつも父の気まぐれに振りまわされっぱなし。父もわたしの気まぐれにつき合ってくれますけど。それではお先にお暇《いとま》します」

コラは立ちあがって侯爵に挨拶し、大使夫人に付き添われて屋敷をあとにした。

彼女は外に出ると、衣裳部屋ではおった毛皮のケープにくるまって車をつけさせた。

「家へやってちょうだい。急いで帰りましょう」

コラは車に乗った。花挿しに生けたスミレの芳香が、いっぱいに立ち込めている。彼女は湯たんぽに足を乗せて毛布をかけ、シートに縮こまると、軽快な音を響かせながら走る車の揺れに身をまかせた。とてもいい気持ちだった。

セロルス侯爵の心配が、脳裏によみがえった。《お気の毒ね》とコラは思ってくすくすと笑った。《とってもすぐれた方なのに、残念だわ。あんな偏見に捕らわれているなんて》

そしてセロルス侯爵が持ち出した《四銃士》のことを思い浮かべた。その点、彼らはまったく違う。陽気で、自由で、いつもいっしょにいるのに決して出しゃばらない、コラにとっては理想的な仲間だ。

まずはある晩、ロンドンで、ヘアフォール伯爵を紹介された。彼の豊富な話題と淡々とした話しぶりに、コラはたちまち魅了された。二人で何度も会ううち、今度は彼が第二の男アンドレ・ド・サヴリー大尉を連れてきた。才気煥発で気まぐれで、とてつもなく個性的な人物だった。やがて楽しく三人いっしょに、旧市街や美術館を観てまわるようになった。

彼らがよくひと休みするティールームで、ある日サヴリー大尉の友人だという二人の男と会った。それがドナルド・ドースンとウィリアム・ロッジだった。粋で洗練された二人は、女性に対する細やかな気遣いにも長けていたので、すぐさまコラには欠かせない仲間となり、三人組に加わった。ファッションやアンティークの店なら知らぬところはなく、色合いやスタイルの趣味もよければ、骨董品を選ぶ目も確かだった。

ドナルド・ドースンは気のむくままに何でもかじる教養人で、考古学の知識もなかなかなものがあったが、その点ではアンドレ・ド・サヴリーも負けてはおらず、二人はよく白熱した議論を戦わせた。ドースンはさる貴族の勘当息子だという噂もあった。彼はウィリアム・ロッジといっしょに暮らしているが、二人は単に屋敷の元執事だとも言われていた。

コラはそれについて、別段真実を知りたいとも思っていなかった。四人のボディーガードは、さまざまな面でコラを楽しませた。四人のおかげで、彼女は退屈知らずの多彩な毎日を送ることができた。こうして四人がコラのお伴でパリにやって来たとき、父親のレルヌ大公は屋敷の庭にあった廃屋に住むよう申し出たのだった。近くに四人がいてくれれば、彼女も大喜びというわけだ。

崩れかけた古い礼拝堂の聖具室は修復され、アンドレ・ド・サヴリーが住むことになった。ヘアフォール伯爵は長細い衛兵控え室を選び、窓をあけたり仕切り壁を立てたりした。いつもいっしょにいるドナルドとウィリアムは、あずまやを取るということで意見が一致した。十七世紀建築の傑作だが、売れっ子インテリアデザイナーが二人の指示のもと、暮らしやすいように改修した。

コラは毎日彼らと会っていたが、うっとうしいとは思わなかった。今日はこちらの一人、明日はあちらの一人、あるいは二人いっぺんにと、相手を変えては出かけていた。そんな様子が、劇場や展覧会、ブローニュの森で見られた。けれども社交界に姿をあらわすときだけは、彼らといっしょではなかった。彼女はたいてい今夜のように、ひとりで出かけるのだった。

四人の男たちはいそいそとコラのご機嫌を取った。そのせいで彼女に悪評が立つことなど、本人も彼らも気にしていなかった。四人はわたしを愛しているのかしら？　コラはよくそう自問してみたが、結局答えは出なかった。冗談めかした求愛をすることはあるが、ただそれだけだ。何かの拍子に、さっとキスをしてくることもある。するとコラは、たちまち冷たい態度になった。彼女も四人のなかに、特別愛している者はいなかった。その時々の気分に合わせて、順番に相手を選んでいるだけだ。

コラ・ド・レルヌは先ごろフランス国外に滞在した以外、二十二歳になる今まで父のもとを離れたことがなかった。教育はイギリス人女性が家庭教師についていたし、そのほか専門的な教師も補佐していた。父と娘は親子水入らずで、仲よく愛情に満ちた暮らしを送っていた。家では何事につけ、娘の意見が優先された。しかしこと金銭問題となると、コラにはまったくわからなかった。レルヌ家は本当に裕福なのだろうか？　彼女は何も知らなかった。

ときには馬や高価な家具、絵画が処分されているのに、彼女が気づくこともあった……それでも父娘は贅沢な暮らしを続け、召使いの数こそ多くはないものの、部屋の窓がセーヌ川に面した左岸の広い屋敷に住み続けていた。裏には大きな庭が広がっている。そこに残る荒れ果てた領主館跡を、コラの友人たちは居に定めたのだった。

ときおりどこからか遺産が舞い込むと、財政状況は回復した。そしてまた贅沢三昧が始まった。

かつてレルヌ大公は外交の世界で、重要な役割を演じていた。彼はブリュッセルの大使館員だったころ、オーストリア人女性と結婚した。妻はイギリスへ渡って出産したが、生まれたばかりのコラを残し産褥《さんじょく》で息を引き取った。それからというもの、レルヌ大公はパリの自宅に引き取った娘ひとすじに生きてきた。友人のカモール氏がいくら勧めても、仕事に就こうとはしなかった。カモールは大公を、自分と同じ代表団に誘った。しかし大公は、公の仕事にむかないと感じていた。そもそも彼には、野心というものが欠けていた。

ずっと前からコラは、父親が退廃した暮らしを送っているのに気づいていた。賭け事や馬、女が財産を食いつぶしていることも。けれども娘にとって、父親はいつでもかけがえのない存在だった。大公は午後に外出の予定があり、夕方からパーティーに出かけるつもりでも、毎朝必ずコラと一緒にブローニュの森へ行き、乗馬を楽しんだ。そして娘と差しむかいの昼食をとり、彼女が何を考えどんな希望をいだき、いかなる将来設計をしているかに心を配るのだった。

コラは車に乗って家へとむかいながら、そんなことをぼんやり考えていた。

車が屋敷の正面玄関前に止まった。運転手が呼び鈴を押し、ドアがひらかれる。そのときコラは、ふと不安に駆られた。どうして父レルヌ大公はわたしを呼び戻したのだろう？　これまで何度も心配したではないか。父は自ら命を絶つのではないかと。自分はまだ負けていない、人生を見下す自由は残っているのだと言わんがために。

父親の書斎に入ったとき、この不吉な胸騒ぎはいや増した。レルヌ大公は机の前にどっしりと腰掛け、封印していた手紙を文鎮の下に置いた。まわりには《四銃士》が控えている。それじゃあ父は、彼らも呼んだのか？　こんな時間に来るなんて、今まで一度もなかったことなのに。

四人は黙ってコラに会釈をした。コラはコートを脱いだ。

レルヌ大公は娘に声をかけた。

「パーティーは楽しかったかい？」

「ええ、とても盛会でした」

「急に呼び戻したりして悪かったね。でも、わたしはこれから出発する。おまえにキスもしないで、行ってしまいたくなかったんだ」

「出発するですって？」

「おまえのことは友人たちに頼んであるから、助けてもらいなさい。さて、そろそろひとりにしてもらおう」

大公は立ちあがってコラを抱きしめ、額にキスをしたあと、四人の男たちひとりひとりと握手をした。四人はコラを連れて部屋を出た。

コラは動転のあまり、震えが止まらなかった。ドアにむかうとき、小卓《コンソール》に乗った箱が目に止まった。あのなかには、たしか拳銃が入っているはずだ。

次の間に入ると、コラはヘアフォール伯爵に必死の思いでしがみついた。

「どうしたっていうの？　父はどこへ行くつもりなんでしょう？　心配だわ……」

ところがヘアフォール伯爵は奇妙なほど落ち着き払って、コラの手を引いた。

「そっとしておいてあげなさい。あなたがお父上のためにできることは、何もありません。さあ、ご自分の部屋にあがって」

するとサヴリー大尉もこう言い添えた。

「そうです。ここにいてはいけません。ぜひとも……」

彼が言葉を終える暇もなく、銃声が鳴り響いた。

コラは思わず飛びあがり、恐怖でいっぱいになりながら、今出てきたばかりの書斎のドアをあけた。レルヌ大公は頭をのけぞらせ、肘掛け椅子にすわっている。こめかみにあいた穴から血が流れ、床に落ちた拳銃のわきに右腕がだらりとさがっていた。

コラは父親の前に駆け寄ってひざまずき、その体に抱きついた。そしてすすり泣きながら、切れ切れに言った。

「お父様……お父様……」

やがて彼女は力尽きたようにぐったりとし、意識を失いかけた。

彼女のあとから入ってきた四人の男たちも悲痛な面持ちで、ひそひそと話し合い始めた。

「亡くなったのか？」

「ああ」

「それでも、医者は呼ばなくては」

ドナルド・ドースンとウィリアム・ロッジも泣き顔になっていた。銃声を聞いて召使いたちが駆けつけると、彼らは二人連れ立って指示を与えに行った。

アンドレ・ド・サヴリーとヘアフォール伯爵はコラのかたわらへ行き、そっと立たせた。

「さあ、休んでください」とヘアフォールは言った。「あなたはここにいないほうがいい。つらい作業が始まりますから……」

彼はサヴリー大尉に合図をした。大尉は机に並んでいる手紙のなかから、文鎮の下にあった一通を取ってポケットに入れたところだった。

サヴリー大尉もコラのそばへ歩みより、伯爵といっしょに彼女を支えて、二階の寝室へと連れていった。

「なんて恐ろしい」すわったような目をして、そう何度も繰り返すコラを、二人は安楽椅子にそっと腰かけさせた。

サヴリーは何とか彼女を慰めようと、机のうえにあったあの手紙をポケットから取り出し、コラに手渡した。

「あなた宛の遺書です。あなたが帰っていらしたとき、お父上はちょうどこれを書き終えるところでした。お読みになりますか？　あなたにお渡しするようにと、お父上から頼まれていたのです」

《わが娘へ》と表書きのある手紙を、コラはひったくるようにして受け取った。そして封を切ると、涙をぬぐいながら読み始めた。

娘よ、

わたしは退屈なこの人生に、見切りをつけることにした。思えばわが友人カモールの父親も、こんなふうにして息子に別れを告げたのだ。わたしはこれから束縛を断ち切ろうとしている。そこにはほかに理由などない。

カモールの父親と同じく、わたしも旅立つ前にいくつか忠告しておこう。おまえが進むべき道の指針となるように。

おまえはわたしに劣らず、既成の決まりごとなど信じていない。だから美徳に捕らわれることもない。けれどもおまえは、名誉の重みを知っているはずだ。だから下劣なふるまいは決してしないだろう。美徳とは堅苦しい崇拝物だ。その型にはまった後ろむきの規則は、おまえに似合わない。けれども名誉は、人それぞれのものだ。名誉には、ひとりひとりがその場合に応じて自分の振る舞いを決め、通俗的な道徳《モラル》にそぐわない行為を選ぶ自由が残されている。名誉はただ、こう言うだけだ。あきらめてはいけない、行動せよと。

おまえは世間の目など、気にかけてこなかった。人の噂が耳に入っても、無視し続けなさい。輝ける象牙の塔にこもって、どんな規則も自らの考えで評価するように。

女の一生は富にも悲惨にも満ちている。おまえはわれわれ同様、野心を抱くことも公職を目指すこともないだろう。愛だけがおまえの生きる世界だ。そこへ邁進《まいしん》しなさい。おまえは若く、美しく、情熱的だ。おまえに見合う男を見つけられれば、それですべてうまくいく。

運命を切り拓くとき、おまえは決して一人ではない。おまえのまわりに集まった四人の仲間が、力を貸してくれる。彼らを大切にし、頼るといい。こうして皆でいっしょに住んでいるのは不道徳だと、パリの社交界からいくらうしろ指さされようと、そんな非難は聞き流しておくんだ。女同士の友情には、何も期待してはいけない。嫉妬され、誤解を受けるだけだろうから。官能に身をまかせたくなったら、ためらうことはない。女は欲するがまま、自由にふるまっていいのだ。それが自分ひとりのことならば。自分ひとり、つまり自らの幸、不幸に関わることならば。けれど身を落とさないよう、それだけは注意しなさい。

ここでおまえに、明かさねばならないことがある。わたしもふとしたきっかけから、もしやと思い始めたのだが、四人の友人たちのなかに、あの比類なきアルセーヌ・ルパンがいるらしい。わたしは冒険心に富んだあの個性的な人物が、恐ろしいとは思っていない。むしろその逆なのだ！　彼は偽名を使っている。四人のなかの誰がルパンなのか、わたしにはついに見破ることができなかった。おまえはじっくりと観察して、ルパンを見つけ出すといい。彼ならきっと、願ってもない支えになってくれるだろう。彼は間違いなく、名誉を重んずる人物だ。

娘よ、そろそろ別れを告げねばならぬ時が来た。さよならも言わずに旅立ちたくはなかったのだ。そんなことをしたら、いつまでも後悔しただろう。今までずっと黙っていたのは、おまえを無駄に悲しませたくなかったからだ。

どうかわたしより魅力ある人生を築いて欲しい。

わたしは行く。悔いはない。わが自由を行使し、望みのままに行動するだけだ。いつもそうしてきたように。

泣かないでくれ。わたしのために、決して涙を流さないで欲しい。涙は弱者の逃げ道だ。

幸せになる道を切り拓きなさい。

レルヌ

コラは黙って何度も手紙を読み返したあと、ライティングデスクの引き出しにしまった。不思議と心が慰められた。そして彼女は当然のことながら、ヘアフォールとサヴリー、そしてあとからやって来たドースン、ロッジの四人に、こうたずねたのだった。

「父の意思をご存知だったのですね？　父から聞いて？」

「はい」とヘアフォールが答える。「お父上はわたしたちを呼んで、打ち明けられました。そんなことはやめるように説得したのですが、無駄でした。頼むからと言っても、お父上の決意は強固でした」

「お父上はあなたの資産状況を明らかにして、あとのことをわれわれに託しました」とアンドレ・ド・サヴリーも言った。「われわれにまかせてください」

「そうです」と皆は口をそろえて言った。「われわれにまかせてください」

コラは礼を言いながら、四人をもの思わしげに見くらべた。《このなかにアルセーヌ・ルパンがいるとしたら、誰なんだろう？　誰がアルセーヌ・ルパンなのかしら？》と自問しながら。

## 2　危うし、七億

レルヌ大公の死は、パリの社交界に大きな波紋を投げかけた。彼は変わり者ながら、このうえなく高貴で輝かしい人物と目されていたからである。

葬儀は厳かに執り行なわれ、多くの会葬者が続いた。人々はコラのまわりに付き添った。彼女は悲嘆のあまり憔悴《しょうすい》しきっていたが、決して涙を見せない威厳ある態度は皆を驚かせた。哀れな娘が二十四時間のうちに超人的な力を発揮したことを、人々はこのとき知らなかった。彼女は行政当局や宗教関係者のあいだを奔走し、法的には自殺と認められたレルヌ大公が、彼の身分にふさわしい弔いの儀を教会にあげてもらえるよう掛け合ったのだった。

ヘアフォール伯爵とサヴリー大尉はこれらの手続きに際し、コラの頼もしい補佐役となった。二人とも公の筋に思いがけない知己があり、有力者に働きかける秘密の手も知っていた。ヘアフォールはコラのためにこなす用事で外出する以外は、ほとんど彼女につきっきりだった。いっぽうアンドレ・ド・サヴリーのほうは、あまりコラのそばにはいなかった。そして彼女も驚いたことに、葬儀のあとしばらくは昼も夜も姿を見せない日が続いた。しばらくぶりに会ったとき、コラがわけを遠まわしにたずねても、彼は曖昧に言葉を濁すばかりだった。

あとの二人、ドナルド・ドースンとウィリアム・ロッジは流行のバーに足しげく通っていた。彼らが来ると、夜遊び好きの若者たちが歓待した。はからずも目撃することになった悲劇的な事件に、彼らは大きな衝撃を受けていた。そして忌まわしい光景を目の前から追い払おうと、あいかわらず二人連れ立ち、以前にも増してよく出歩くようになった。自分たちが見聞きしたこと、知っていることを細々と披露すれば、たちまち人気者になれた。彼らのおしゃべりによって、レルヌ大公が拳銃で自らの頭を撃ち抜いたことはすぐに知れわたり、自殺の状況はナイトクラブやサロンの語り草となった。

何とまあ、大公は娘に手紙を残したんだ！ そのなかで友人であるカモール氏の父親を引き合いに出し、自殺を決意したのはそれと同じ理由からだと言っているそうじゃないか！ 信じられないな！ こうして第二帝政末期、当時の人気作家がカモール氏を登場させた有名な本が、再び人々の口の端にのぼるようになった（オクターヴ・フィエ著『カモール氏』一八六七年刊。本邦未訳）。レルヌ大公の娘が《カモールのお嬢さん》とあだ名されたのも、自然ななりゆきだった。

もちろんコラ自身は、こんな噂話やあだ名を知らずにいた。彼女は家にこもって喪《も》に服し、ほとんど外出もしなかった。たまに出かけるのは公証人の呼び出しに応じ、込み入った細かな問題を片づけるときくらいだった。

それにパリっ子たちは移り気だ。いつまでも同じことばかりに熱中していない。このスキャンダルへの興味が薄れかけてきたころ、折よく別の事件が起こって、人々の関心はそちらへむかったのだった。

一九二二年七月六日、夕刊各紙がロンドンから打電された次のようなニュースを報じた。

《ロンドン――ユニヴァーサル銀行頭取が明かしたところによると、先ほど執務室に入ったとき、送ったばかりの電報の下書きが盗まれていることに気づいたという。この電報は翌日、金貨四百万ポンドを個人の口座宛に空輸することを、フランス銀行に通知したものだった。

時を同じくして、もうひとつ気になる出来事があった。この電報を確認した電話の交信が、隣室にいた何者かによって盗み聞きされていたのだ。頭取にもそれ以上のことはわからなかった》

七月八日の朝、新たな外電が次のように報じた。

《ロンドンから金貨二袋を空輸するに際し、厳戒態勢が敷かれている。この輸送には複数の国際的盗賊団が注目していることは、すでに警察でも把握ずみである。もちろん、アルセーヌ・ルパン氏もその一員として名乗りをあげている。ルパンはこの件に関する条件を示した手紙を、すでに何通も書いている》

七月九日、新聞紙上に声明が発表された。

《わたしはここに抗議する。公開されている手紙は、わたしを事件に巻き込み、衆人の注意を自分たちから逸らそうとする何者かによって書かれたものである。その者たちに警告しよう。これからは、このわたしがきみたちの相手だ。この事件でもほかの何ごとにおいても、わたしは正直者の味方である。肝《きも》に銘じておけ。アルセーヌ・ルパン》

七月十六日、この事件について新たなニュースが続いた。

《昨夜、二つの袋を積んだ郵便輸送機がカレー市上空を通過したと連絡があった。

ブールジェの飛行場では、警官隊、憲兵隊、フランス銀行に雇われた警備員の配備が確認された。十時、飛行機到着。飛行中は何のトラブルもなかった。ところが二つの袋は、機内から消えていた》

そのあと最新ニュースが入ってきた。

《飛行機はパリ北部の郊外を、超低空飛行した模様。家のなかにいた住民たちも、何ごとかと怯えるほどだったという》

さらに締め切り間際になって、こんな情報が届いた。

《二つの袋は場末《ゾーヌ》とパンタン村のあいだにあるジュランヴィルのスタジアム別館で見つかった。憲兵隊捜査班の指揮のもと、十人ほどの警備員が袋を見張っている。そのうちひとつにはアルセーヌ・ルパンの名刺がピンで留めてあり、宛名がこうタイプされていた。パリ、フランス銀行、アルセーヌ・ルパンの預金口座へ》

## 3　新事実

その日、コラがブローニュの森の散歩から戻ると、居間でヘアフォール伯爵が待っていた。伯爵は重々しい表情をしている。

「コラ、折り入って、お話ししなければならないことがあって」

「折り入ってだなんて、ちょっと怖いわね」

「心配しなくてもいい。むしろあなたの明るい将来を約束することですから」

「それじゃあ、うかがうわ」

ヘアフォール伯爵は肘掛け椅子にゆったり腰を落ち着けると、話し始めた。

「まずお知らせしておかねば。わたしはこのあいだ、パリの近郊に屋敷を買いました。ジュランヴィルのティユール城です。あなたにも、遊びにいらしていただければと」

「もちろん、喜んで！　それじゃあ、ここはもうお出になると？」

「そういうわけではありません。新しい屋敷と、亡きレルヌ大公に使わせていただいたここの家とを、行ったり来たりするつもりです」

「ああ、わたしもそのほうがいいし。だったら言うことなしだわ。それで、明るい将来を約束することっていうのは？」

「これからお話しします。実はあなたに明かさねばならない秘密があるんです。あなたはご自分をレルヌ大公の娘だと思っていらっしゃるでしょうが、本当はまったく違うのです。大公もそれを知っていらっしゃいました。あなたのお母様はオーストリアの名家の出身で、マリ＝アントワネットの子孫にあたります。お母様は十六歳のとき、あるイギリス男性と知り合い、愛し合うようになりました。イギリス国王の近親であるハリントン卿のご子息です。若い二人は結婚を誓い合いましたが、老ハリントン卿は政治的な理由からこの結婚に反対でした。それでお母様は、レルヌ大公と愛のない結婚をすることになったのです。やがて老ハリントン卿が亡くなり、ご子息が跡目を継ぐと、彼は忘れられない元恋人、つまりあなたのお母様と再び会うようになりました。お二人は秘めたる強い絆でずっと結ばれていたのです。レルヌ大公夫人はイギリスに渡り、あなたをお産みになりました。あなたが本当は、ハリントン卿の娘だからです。けれどもお母様は、そのまま亡くなられてしまわれました。レルヌ大公は夫人の死をとても嘆きました。そしてあなたを娘としてパリに連れ帰り、育てることにしたのです。しかしハリントン卿も、あなたのことはずっと気にかけておられました。遠くからあなたを見守り、イギリスに滞在中のあなたと顔も合わせているはずです。ハリントン卿はあなたのために、まとまったお金を用意されました。あなたがその身分にふさわしく、次のイギリス国王候補であるオックスフォード公と結婚されるようにと、願っておられるのです。わたしはハリントン卿の友人で、密使役も務めています。だからこそあなたとお近づきになり、おそばを離れないようにしていたのです。フランスに金貨が送られてきましたよね。ほら、新聞でお読みになったでしょう。盗賊どもが目の色を変えている大金です。あれはあなた宛なのです。無事到着したら、この手でしっかりお渡しします。わたしの口からお話ししておくべきことは、これだけです。わがティユールの城に来ていただければ、オックスフォード公とお会いになれます。彼と結婚されたなら、いずれあなたはイギリス王妃になるでしょう」

この話を聞いているあいだ、コラはずっと落ち着いた様子だった。まるで夢でも見ているようだ。何という運命なのだろう！　姿なき敵に狙われているかと思うと、少し怖い気がした。敵はわたしに送られてくるという財産を奪おうとしている。けれどもそばにいる友人たちが守ってくれるだろう。いや、なかにはヘアフォール伯爵のように、彼女に対する密命を帯びている者がいるかもしれないが。コラは相反する謎めいた力が、あたりに蠢《うごめ》いているのを感じた。彼女に富と幸福を与えるため、あるいはそれを横取りするために。これまでにも増して注意深く、周囲に目配りをしなければならない。誰も信用してはならない。

はたして勝利は誰の手に？

# 4　ゾーヌ・バー

場末《ゾーヌ》——つまりパリの周辺の城壁跡に広がる空き地——と呼ばれるのは、病毒と悲惨が交じり合う常に変貌する地域である。寄せては返す汚物の波、塵埃と廃物の岸辺。そこは掘っ立て小屋やバラックがところ狭しと立ち並び、屑屋や浮浪者、無法者たちがひしめき合って暮らす驚くべき一帯、つまりは文明と野蛮の中間地点だった。

解体業者のつるはしが、今日ではこの毒気に満ちた家々を刷新しているが、一九二二年当時は貧しい人々が安宿を求めてここに集まっていた。悪徳と美徳が隣り合わせになり、ときにはこの暗い景色のなかに、助け合いと思いやりの光が射すこともある。ボロをまとった子供の群れが、悪臭を放つ泥と水たまりのなかに寝そべっているが、瘴気を一掃する強風のおかげで、彼らも何とか元気な大人に成長していくのだった。

首都の北部に位置する貧村パンタンの周辺ほど、不潔で陰鬱なところもないだろう。パンタン村には、《一家八人殺しの怪物》ことトロップマンの忌まわしい記憶が、不名誉な烙印として刻まれている。

それでもときには小さなオアシスが、セーヌ川の湾曲部に張り出した半島ジェンヌヴィリエの沼地やぬかるみの近くに見られた。木々はいつか必ず瓦礫の山やゴミ捨て場に打ち勝つ。緑の葉が埃や臭い煙を吸い取り、空気が浄化されると、そうした場所にも突然ささやかな庭と芝生、花壇、ゼラニウムやモクセイソウの鉢、スイートピーの植木があらわれるのだった。

こうしてある日、ゾーヌ・バーは生まれた。ニシキギとイボタの木に囲まれたなかに、それは堂々と立っていた。店に入るには、三色旗と赤旗が仲よく下がった白い柵を抜けていく。

広い店内はエナメル塗装され、真新しい白い壁が常連客たちに清潔感を誇示していた。オーク材のテーブルはぴかぴかに磨かれ、まるで鏡のようだ。カウンターにはカクテルに使う酒の小瓶が未開封のまま並んでいるところを見ると、ゾーヌ・バーの客たちは海外からの輸入品には見むきもせず、もっぱらフランス伝統の飲み物を愛好しているのだろう。飲めば思わず歌いたくなる、マルセイユ産のパスティス《プティ・ブルー》や、名前は推して知るべしといった安物の蒸留酒を。

その晩、バーはがらがらだった。男たちが数人、残っているだけだ。ラ・クロッシュ（《鐘》。《間抜け》の意味もある）親爺《おやじ》は隅で食前酒《アペリティフ》を飲み終えようとしていた。その前では《人殺し三人組》が、もじゃもじゃの髪に覆われた額をつき合わせ、肩を寄せ合わんばかりにしてテーブルを囲んでいる。

三人は何度も死刑になりかけた恐ろしい犯罪者だった。そのたびに脱走を繰り返し、今は人目を避けながら三人いっしょに暮らしている。良心の呵責を知らない極悪非道の無法者で、うまい話があればすぐに乗った。危ない橋も平気で渡るが、他人を犠牲にすることなどそれ以上に何とも思っていなかった。

リーダー格のフィナール（《おせっかい》の意味）が率いるグループには、彼らに劣らず危険な荒くれどもがときには二十人も加わっていた。フィナールは生首のように青白い陰気な顔をしているが、大胆不敵で頭がよく悪知恵に長《た》けていることでは仲間に抜きん出ていた。そのおかげでこれまで、絶体絶命のピンチを何度も切り抜けてきたのだった。

《色男》ことプス＝カフェ（コーヒーのあとに飲む食後のリキュール）はこめかみのあたりにぱらりと巻き毛がかかり、アフリカ娘のような黄土色の肌をしていた。彼が見つけてくる女たちが、いざというとき寝屋に匿ったり、食べ物や酒を調達してくれた。

けれども三人のうちでもっとも恐ろしいのは、カバのように大きな赤ら顔をし、檻のなかの熊みたいにのそのそと歩く粗暴な巨漢ドゥーブル＝チュルク（《二人のトルコ人》の意味）だった。仇名の由来はよく知られたジョークにある。《トルコ人の男を倒すには？　答え――トルコ人の男二人がかりでやればいい……》彼にはぴったりの仇名で、本人も収監記録簿にドゥーブル＝チュルクとサインしたくらいだ。

その晩、この三人はグラスになみなみと注いだ酒を飲んでは空き瓶をずらりと自慢げに並べ、いつもどおり床にぺっぺと唾を吐いては手で口を拭った。

フィナールがふり返り、ラ・クロッシュ親爺を手招きした。

「こっちへ来な。邪魔にはしないぜ」

彼にビールがふるまわれる。

見世物小屋のレスラーみたいな体軀のうえに、情けなさそうな馬鹿面をちょこんと乗せたラ・クロッシュ親爺は、三人のあいだに入った。

「おまえさんがた、わしに用があるのかい？」

「いいや」

「だったら？」

「用があるのはあんたの納屋さ」

「隠し場所に？」

「ちょっとの間だがな……ほんの一時間ほどだ」

「分け前は？」

「そう……百本ってところだ」

「十万か？」

「一億だよ」

「そんな馬鹿な！」

「馬鹿なのは」と相手は答えた。「昨晩、郵便輸送機からフランス銀行宛の金貨二袋を落としていったイギリス人さ」

「そしてこのゾーヌじゃ、フィナールさんがフランス銀行の代表だから、しっかり収めようってわけかい？」

「何ごとも中途半端にしないのがおれの務めだからね。置きっぱなしの金があるって？　それならおれが何とかしなくちゃ。セーヌ川に泊めたモーターボートの平底船まで、ドゥーブル＝チュルクが運ぶことにする。誰にも気づかれないうちにな」

「ひと苦労だぞ、そんな重荷を徒歩で三キロも運ぶのは……」

「だから途中、あんたのところに寄るのさ、ラ・クロッシュ。レンガ工場跡の納屋でひと息つくんだ」

「時間は？」

「深夜零時」

「それなら帰って夕食をすませ、ガキどもを寝かせなくちゃ。でないとゆっくり休めない。わしのところは七人もいるんだ。それにガキっていうのは目ざといからな」

「それじゃあ、決まりだな？」

「分け前がもらえりゃ文句はないさ」

「よし。だがひとつ言っとくぜ」とフィナールは釘を刺した。「金がおまえさんとこにあるからって、変な気を起こすなよ」

ラ・クロッシュ親爺は目をぱちぱちさせた。フイナールはラ・クロッシュの胸に頭をもたげていた秘密の計画を、とっくにお見通しだった。するとドゥーブル＝チュルクが右腕の袖をまくりあげ、冗談めかしてこう言った。

「ラ・クロッシュがおれの腕力に対抗できると思うのか？　やつが歯向かってきたら、ぺちゃんこにしてやるさ」

ラ・クロッシュは頭をひっこめた。

「わしをぺちゃんこにするって？　ああ、わかったよ」

彼は立ちあがると、すたすたと窓を閉めに行った。とそのとき、窓の外に人影が見えたような気がした。茂みに隠れて大急ぎで立ち去る姿が、たしかにちらりと目に入った。しかもその人影は、一番上の娘ジョゼファだったような気がする。でもジョゼファが、何をしに来たんだろう？　どうして盗み聞きなんか？　納屋で夕食の支度をしているはずでは？

「それじゃあこれで」とラ・クロッシュは言った。「近くまで来たら、口笛を鳴らして合図してくれ。いいな？」

彼は空に厚い雨雲が流れる夕闇のなかに、足取りも軽く消えていった。

十分後、ラ・クロッシュは大きな囲い地の柵を押し開けた。その奥に、ラ・クロッシュ一家が詰め込まれている納屋が立っている。そこは廃業して持ち主が放置しているレンガ工場の跡だった。窓には明かりが行き来していた。家に帰るときはいつも嬉しくて、彼は両手を擦り合わせた。薄暗い小道の両側に並ぶ小屋には、拾い集めたぼろきれやケチな盗みの戦利品がしまわれていた。

ラ・クロッシュ親爺はがっちりとした体格の男だった。歳は六十くらい。愛想のいい親切そうな顔をしているが、それも長年の飲酒と放蕩生活のせいで見る影もなかった。小金を貯め込んでいるらしいのと、警察に顔が利くことから、ゾーヌでは一目置かれた人物だった。彼はかわいらしい女と七回結婚していた。口のうまい女好きの気取り屋に、みんなころりと騙されてしまったのだ。彼は妻たちを奴隷のようにこき使い、目一杯の不幸を味わわせた。

「そこのところが大事なのさ」と彼は常々言っていた。「うぬぼれ女どもは、思いきり殴ってやらなければ。そうすれば躾《しつ》けられる。嫌と言うほど食らわしてやるんだ。さもないと隣の男が酒蔵《カーヴ》の鍵を盗み、おれの大樽でほろ酔い気分だ」

こうして七人の女が次々にやって来たが、その誰もが死因も失踪の日も、はっきりしたことはわからなかった。そこから、ゾーヌでは様々な噂が立ち、捜査の手が入ったり検死が行なわれたこともあった。

「わしに何を言えっていうんですか?」ラ・クロッシュはわざとらしい泣きまねをした。「こっちは医者じゃないんですから。エルネスティーヌは風邪で死に、ジェルトリュードは足の魚の目で死んだのか? いや、その反対だったか? そんなことわかりませんよ」

「いずれにしろ、奥さんたちを叩いていたんだな?」

「そうしなくっちゃならないんです。さもないと、隣の男がうちのタクシーに乗っちまいますからね」

そもそも、どうして疑うことができるだろう？　目の前で悲しい話をされると、すぐにほろりとして泣き出す、大きな子供みたいな男なのに。あいつは《涙目》って仇名でね、虫も殺せないようなやつなんです、と仲間たちは言っていた。グラスに蠅が入っているのを見ると、苦しませるよりもそのまま飲み込んでしまうような男だと。心づかいや思いやりには欠けるところはあるけれど。

ラ・クロッシュは七人の妻とのあいだに、七人の子供があった。四人の娘、ジョゼファ、シャルロット、マリ＝テレーズ、アントワネットと、三人の息子、ギュスターヴ、レオンス、アメデだ。

「ただ困ったことに」と彼は言っていた。「七人がごちゃごちゃになっちまうんだ。ジョゼファは誰の子で、レオンスは誰の子だったかってね。覚えてなんかいられねえさ。母親の額にでも数字を刻んでおいて、ガキに番号をつけておけばよかったよ。ほら、クロークの番号札みたいにさ。そうすりゃ、間違えずにすむ。それにおれは三人の娘と四人の息子がいたつもりなんだが、いつの間にか四人と三人になっている。まあ、足して七人には変わりねえ。おれはいつも酔っ払ってるからな。そんなことはどうでもいいが、ひと騒動あると心配でね」

「スープはできているか？」とラ・クロッシュは家に入るなり大声で言った。

ジョゼファが雑巾《ぞうきん》を片手に、台所から駆けてくる。

「ええ、父さん。アメデといっしょにテーブルの支度をしているところよ」

ラ・クロッシュは娘の耳を引っぱった。

「さっきはゾーヌ・バーの窓の下で、何をしていたんだ？」

「わたしが？」と娘は面食らったように言った。「わたしは料理にかかりきりだったわ。ほら……とびきりおいしいブルゴーニュ風牛肉の赤ワイン煮よ」

彼女はクロスを敷くため、テーブルに広げてあった教科書やノートを片づけた。父親はそのページをなにげなくめくると、唸るような怒声をあげた。

「シャルロット、こっちへ来い……ほら、さっさとしろ……」
十四、五歳の小柄な娘が、怯えたように近づいてくる。顔はかわいらしいが、体は弱そうだ。
「大事な歴史の教科書に、インクの染みがついているぞ、シャルロット！　汚らしくしやがって！　懲罰の鞭《むち》を持ってこい」

娘は何本もの皮ひもでできた鞭を、壁からはずしてきた。ぶるぶると震えている。

「ブラウスを脱げ」

娘は言われたとおりにした。小さなひ弱そうな体が露になった。骨は今にも皮膚を突き破りそうだ。

「ひざまずいて」

「父さん。お願い、父さん。そっとやって。痛くしなくてもいいでしょ」

「黙って頭をさげろ」

振りあげた腕がぴたりと止まった。ラ・クロッシュは鞭を宙に構えたまま、じっと動かない。彼の目の前に、長女が割って入ったのだ。

「何をするんだ、ジョゼファ？」

「この子に触れないで」

「そこをどけ。この家の主人はおれだ」

「だめよ。この子は病弱なんだから。叩かれたら死んでしまうわ。いいかげんにして。こんなこと、もうたくさんなのよ。そうでしょ、みんな？」

彼女は弟や妹たちに声をかけたが、皆じっとしたまま、加勢をできずにいた。

父親はさらに腕をあげた。するとジョゼファはどこから取り出したのか、拳銃を手に叫んだ。

「この子に触れたら、頭を撃ち抜くわよ、父さん」

彼女はいつもこんなふうに大声で話した。父親が言い返す。

「ものを汚すなってことを、こいつに教えなきゃならん」

「でも、叩かなくてもいいでしょ。だいたい、子供に汚すなって言うほうが無理なのよ。叩きたいなら、わたしを叩いて。そのほうがこの子も肝《きも》に銘じて、もっと気をつけるようになるわ」

「本気なのか？　おまえがブラウスを脱いで、ひざまずくんだな？」

「もちろんよ」

父親は目をぎらつかせた。

「それじゃあ脱げ」

娘は襟元のボタンをはずした。それから、着ているジャージーのボタンも、ゆっくりとはずしていく。

「そら、ひざまずくんだ。拳銃は置いて」

彼女は言われたとおりにした。

そして落ち着いた様子でジャージーを脱いだ。光沢のある生地のように目に心地よい、真っ白な背中が露になる。

「覚悟はいいな？」

「いいわ……泣き声なんか絶対にあげないから」

鞭が振りおろされる。

ジョゼファはひと飛びすると、再び父親に対峙して握り拳を突き出した。

「いや、いや、だめだ。もうそんな歳じゃないぞ。ひざまずいて鞭打ちなんかされていられるか。何てひどいことをするんだ」

ラ・クロッシュは唖然とするあまり、身動きひとつできなかった。取り乱したような目で裸の上半身を見つめながら、やっとのことでこうつぶやく。

「それじゃあ、おまえは女じゃなかったのか？　おまえは、おまえは、男だったんだな、ジョゼファ？」

「そう、男だったのさ……本当の名前はジョゼファン。ほかのみんなは知っていたけれど……もちろん母さんも知っていた」

父親は口ごもった。

「おまえの母親は……売女《ばいた》だ」

そのとたんラ・クロッシュは強力な平手打ちを食らい、息がつまってぜいぜいと喘いだ。

「まったく……気取り腐った女さ」

それから彼は繰り返した。

「それに売女だ……」

二度目の平手打ちのあと、こう言葉が続いた。

「これは母さんの指示だったんだ……大好きだった母さん。あんたは名前も覚えちゃいないだろうがな……アンジェリックさ。あんたの奥さんのなかじゃ、一番きれいだった。愛情いっぱいの母親で、こっそりぼくにキスをしてこう言った。《おまえは女の子として育ちなさい。そのほうが、あまりつらい仕打ちを受けずにすむわ。大きくなって、あいつより強くなったと感じるようになったとき、もしあいつがおまえや弟妹に手をあげるようなことがあったら、思いきり殴ってやりなさい。わたしも一度、スープ鉢で頭を叩き割ってやったわ。でもあいつはやり返さなかった。おまえも同じようにすればいい。それからはおまえが主導権を握れるわ。あいつは臆病者だから》ってね」

ラ・クロッシュは腕組みをしていた。この小僧と一戦交えるのも悪くないぞ。けっこうな仕返しじゃないか！　今すぐ、徹底的にやり返してやる！　彼はにやりと笑って、拳銃を拾いあげた。

「それはなしだ、父さん。ぼくたちは殺し合いをしに、ここにいるんじゃない。あんたがまっとうな人間になるようにさ」

それでも相手が執拗に銃をかざしているので、ジョゼファンはその場で飛びあがり、靴先で握り拳を蹴飛ばした。ラ・クロッシュの手から拳銃が落ちる。

「畜生め」とラ・クロッシュは呻いた。「妙なまねしやがって！」

「かかってこいよ、父さん」

「いいだろう。やってやろうじゃないか」と父親は言ってジョゼファンにつかみかかり、まるで押しつぶそうとするかのように、全力で胸を締めつけた。

そして大笑いしながら言った。

「ほら、破裂しちまうぞ、坊主。親に許しを乞うんだな。そうしたら、この手を緩めてやる」

「ぼくが許しを乞うだって」

今度はジョゼファンのほうが殴りかかった。父親は不平たらしく叫んだ。

「ああ、ひでぇやつだ！　何てことしやがる？　腕が折れたじゃないか」

「いやいや……どこも折れちゃいない……せいぜい筋《すじ》が切れたくらいさ」

「くそっ、畜生め！　おまえ、何か習ってるな」

ラ・クロッシュは腕を体の脇にだらんとたらし、苦痛のうめき声をあげながらジョゼファンをにらみつけた。若者は冷徹そうな表情をしている。目は若い野獣のようだ。

「これくらい、何でもないさ、父さん」と彼は言った。「そりゃまあ、今は痛いだろう。でも正しい向きにそっとさすれば、すぐに感じなくなる。やってやるよ……ほら、もう大丈夫」

ジョゼファンは老人をやさしく抱きしめ、耳打ちした。

「恨みっこなしにしよう、父さん。もうあんなことはしないで。みんなで仲よく暮らせるじゃないか。父さんの気持ち次第さ……どうしてぼくたちに乱暴するんだ？」

ラ・クロッシュは気持ちを落ち着け、ここはひとまず譲ることにした。

「まあいいだろう。鞭は燃やしてしまえ。だがおまえの母親、かわいいアンジェリックについては、あまりでかい口を叩くなよ。おまえががっかりするようなことを、教えてやってもいいんだからな」

「父さんが何を言いたいかはわかってるさ。浮気してたっていうんだろ。えらいじゃないか、母さんは。よくやったよ、アンジェリック！」

「もっとひどいことには……」

「あんたがぼくの本当の父親ではないと？　はっきり言えよ、父さん。だとしたらぼくは大喜びだ」

ジョゼファンはラ・クロッシュににじりよると、どすを利かせた低い声でこう続けた。

「つまらない悪口はもうたくさんだ。いいか、ぼくだってあんたのことは、色々知っているんだぞ。警察に通報して、秘密の引き出しを家捜ししてもらおうか。なかにある白い粉を調べれば、母さんやほかの女たちの死因がわかるかもしれない。あんたにとって、ちょっとばかり都合の悪い死因がね。でも、その話はやめにしよう。あんたの尻尾は握っている、ぼくに逆らわないほうがいいってことをわかってもらえば充分さ。いいか、命令はぼくがする。主人はぼくだってことを忘れるなよ。ほかのみんなと同じように、ぼくの言うとおりにしていろ。それじゃぼくは、子供たちの世話にいくからな」

老人は真っ青になって唇を噛み、拳を握りしめていた。今にも怒りが爆発しそうだ。それでも彼は、何とか自分を抑えた。情け容赦ないあのガキが恐ろしかった。まあいい、時がきたらこの借りは返してやる。

# 5　ココリコ

ジュランヴィルの場末《ゾーヌ》で盗難やら殺人やら、何らかの悪事が行なわれたなら、司法のトップや警察、町の当局者、あたりの人々がまっ先に思い浮かべるのは、あの《人殺し三人組》である。過去の行状を決して悔い改めようとしない彼らの暮らしぶりを見れば、疑いの目がむけられるのも当然だろう。

朝の九時にはもう、三人の足取りはつかめていた。彼らは前日の晩、ゾーヌ・バーに集まり、そのあと金貨の袋が落とされたスタジアム別館へむかった。そして四人の憲兵と、フランス銀行に雇われた六人の警備員が見張っていたにもかかわらず、金貨は消えてしまった。警戒にあたっていた十人のうち、まともに残ったのは三人だけ。あとの七人はドゥーブル＝チュルクの棍棒を食らって気絶していた。そのあいだにフィナールとプス＝カフェがお宝を持ち去ったのだ。

生存者たちに訊問がなされた。

「巨漢に見覚えは？」

「もちろん」

「共犯者は誰だか、わかったかね？」

「なんとか」

司法官たちはすぐに捜査を開始した。夜のあいだに雨が降ったので、バーへむかう道とバーから出て行く道には三人の足跡が容易に確認できた。足跡はレンガ工場跡の囲い地まで続いていた。捜査官たちは囲い地のなかに入って、納屋のベルを押した。子供たちがドアをあけ、捜査官をなかにとおした。すると部屋の真ん中に、ラ・クロッシュが横たわっていた。中央の柱の下にロープで縛りつけられ、猿ぐつわを嚙まされている。

「恥知らずのイカサマ師どもめ！」とラ・クロッシュは、いましめをほどかれるなり叫んだ。「あいつら、外からわしを呼び、袋を預かって欲しいって言ったんだ。大通りの端まで行き、セーヌ川にとめた平底船から援軍を連れてくるからって。わしが断わるといきなり殴りかかり、紐でぐるぐる巻きにしやがった。頭に来るじゃないか」

「誰に縛られ、ここへ運ばれたんだ？」

「わからんね」

「そいつらは、どこへ行ったと思う？」

「平底船だろうよ」

「それじゃあ、彼らの足跡を追えばいいんだな？」

「ああ。川を下ると、汽船がやつらを待ってるんだ」
けれどもラ・クロッシュが言うほど、ことは簡単ではなかった。三人の足跡は見つからず、その代わり第四の足跡があったのだ。納屋へやって来た三人の足跡とは、まったく違う足跡だ。一時間後、憲兵隊のバイク隊員が消えた平底船をポントワーズで発見した。船のなかには、《人殺し三人組》も金貨の袋も見あたらなかった。

憲兵は戻ってくると、遠征の報告をした。ラ・クロッシュ親爺と七人の子供たちは（そのなかにはジョゼファンもいた。新しいきれいな服が、細身の体と広い肩幅を引き立たせている）朝食を食べながら、役人たちの話に注意深く耳を傾けていた。

そのとき突然、どこか遠く、ゾーヌ・バーを越えたセーヌ川のほうから、雄鶏《おんどり》の鳴き声が聞こえた。あたりに響き渡るその鋭い声は、普通の鶏をはるかにしのぐ大きさだった。雄たけびは高らかに広がって近くの丘に反響し、そのままこだまとなって返ってきた。

ココリコ！（フランス語で雄鶏の鳴き声を示す擬音。《コケコッコウ》のこと）

すると七人の子供たちは、男の子も女の子も、いきなりぴんと立ちあがった。まるで軍隊の訓練で、自然に体が反応するかのように。再び《ココリコ！》の声が、いっそう誇らしげな凱歌をあげた。子供たちは体を震わせる。三つ目の《ココリコ》で、子供たちはばねが弾けたみたいに跳ねると、ばたばたとドアや窓をあけて外に飛び出していった。

彼らは皆、ジュランヴィルのゾーヌを目指している。ある者は田舎道から、ある者は小道から、またある者は牧草地や庭、荒地を横切って。けれども、息を切らせて走っていく先は同じだった。みんな明らかに、一番乗りを目指していた。

でも、一番乗りの先とは？　あの赤茶けた草の生えた空き地だろうか？　ジョゼファンはほかのみんなに三十秒ほど差をつけ、白い柵を飛び越えそこに着いた。小山のうえに、スポーティーな服装のまだ若々しい男が立っている。短かめの半ズボン、そらせた胸、むき出しの腕。ブレードで飾った軍帽と金ボタンのついたカーキ色の上着から見て、退役士官なのだろう。

ジョゼファンが近づき両手を伸ばすと、男はその手を取った。そして二人はじっと見つめ合った。

「ジョゼファン」と男は言った。「おまえの表情から察するに、一騎打ちをしたようだな……」

「ええ、大したことはありませんでしたが」

ジョゼファンはラ・クロッシュとの一幕を語って聞かせた。しかし彼が夢中になり始めると、相手はそれをさえぎった。

「そこまでだ！」

「大尉、これからが一番面白いんですよ」

「もちろん、わかっているさ。だが、わたしが教えた方法のもっとも大事な点は何だった？　決して冷静さを失わないこと。完璧な自制心を保つことだ。感情を露にしたり、声を震わせたりしてはならない。

穏やかな目、静かな声。わかったな？　そう、それでいい。にっこりして。では話してくれ。老いぼれは何と言っていた？」

「母さんは貞淑な女じゃなかったと」

「おまえはどう答えたんだ？」

「よかったって」

「やつが言ったのはそれだけか？」

「いいえ、ぼくは実の息子ではないだろうとほのめかしていました」

「それで、おまえは？」

「ああ、父さん、本当にそうならいいのにって」

「うまいぞ」

「でも大尉、あいつでないなら……父親はいったい誰なんです？　あなたは知っているはずだ。お願いです、教えてください……」

「はっきり言いすぎないほうがいいこともあるんだ、ジョゼファン。おのれの心に従って考え、行動しよう」

やがてほかの子供たちも、次々に到着した。ひとりで来る者もいれば、何人か連れだって来る者もいる。大尉が時々すばやく号令をかけると、少年少女、幼い子供たちの一群があっちからもこっちからも駆けつけ、柵をよじのぼって柱のまわりに集まった。柱には《白いお嬢さん》とか《頭髪狩り（《インディアン》を意味する表現）》とか、グループ名を示した張り紙がしてある。

　ほかに二人の男も入って来た。二人は憲兵隊や警備員を引き連れ、小山に黙って近づいてくる。けれどもそこにじっと立つ大尉とジョゼファンは、自分たち以外誰も目に入っていないようだ。彼らは感情を抑え、そっと握手を交わした。そして大尉は両手を高く掲げた。わっと大きな歓声があがったかと思うと、あたりが静まり返った。皆やがて来る喜びを一心に待ちながら、息を潜めているのだ。そして突然、大尉の号令がかかった。一音ずつ区切って、きっぱりと力強く発せられる指示に従って、全員が体の屈伸運動をし始める。それは実った麦穂が、激しい風雨の波に打たれて曲がったりまたぴんと起きあがったりするかのようだった。

「休め！」

　皆、地面にすわりこんだ。一瞬、間があってから、再びリズムに乗った体操が始まる。もう一度休めの号令がかかると、子供たちは体を丸めてうずくまり、大尉が威厳に満ちた声で語る簡潔な言葉に耳を傾けた。

「わが子たちよ、約束どおり毎日元気な体操をありがとう。それが終わったら、各自の生活を始めたまえ。いつも変わらぬ熱意を持って、真剣に、注意深くやって欲しい。きみたちのひとりひとりが、今日一日の行為に責任があるのだ。誰もが毎日善行を積めるとは、わたしだって思ってはいない。きみたちはその関心、健康状態、おのおのの誇りに合わせ、しかるべく行動するよう心掛ければいい。たしかにきみたちはまだ年若い。けれどもきみたちを辱め、痛めつけようとする者たちから身を守らねばならない。もしほかの人々が間違ったことを要求してきたら、それに従わないのがきみたちの義務だ。父親や母親がわれを忘れて叩くようなことがあったら、断固抵抗して、手あたりしだい誰かに訴え出よう。子供を幸せにする責任がある者たちの過ちで、子供が不幸になってはならないのだ。もし誰も話を聞いてくれなければ、わたしのところへ来なさい。わたしは単に柔軟体操を教える教師ではない。きみたちを助け、守り、愛する者なのだ。ではまた明日、愛するわが子たちよ」

やって来るときは騒がしく、好き勝手に集まったのとは打って変わって、帰りは整然としていた。子供たちはそれぞれ、自分に割り当てられた道を通っていくらしい。柵を飛び越えはしないが、押せばひらく場所がところどころにあって、皆そこを通り抜けていく。やがて広々とした空き地には、警官を引き連れた二人の役人だけになった。二人とも背中を丸め、何かを探しているように地面を見つめていた。探し物を追って、真ん中の小山まで来たのだ。

大尉は彼らのそばまで行き、上役らしいほうの人物に声をかけた。

「どうかしたんですか？　ご存知ないのかもしれませんが、ここは私有地なんですよ」

「それはどうも。てっきり市の土地かと思っていました。わたしは予審判事のフルヴィエ。イギリス機から落とされた金貨の事件を調べるよう、セーヌ検事局から委任されましてね。ここにいる者たちには、捜査に協力してもらっています。こちらは共和国検事です」

するとと大尉は答えた。

「金貨の入った袋の話は、たしかに聞いています。消えてしまったとか?」

「ええ、盗みの容疑者もです。危険な連中ですが、足跡が見つかりました」

「その足跡が、ここに続いていたと?」

「まさにここ、今わたしがいるところに」

予審判事の仲間たちがさっと動いて、大尉を取り囲んだ。

大尉はびっくりしたように彼らを見つめ、笑い出した。

「判事さん、それなら二つの袋と三人の盗賊は煙のように消えてしまったと思わざるをえませんね。だってあなたとわたしのあいだには、何も見あたりませんから。袋も容疑者も」

「たしかに」と予審判事は遠まわしに続けた。「でも足跡はあなたのうしろまで続いているんです。あそこに見えるトーチカの鉄扉にむかってくだる窪んだ道のほうへと」

「あれはガロ・ロマン期の防塁で、ときにはワイン庫代わりにもしています」

大尉はすばやく道をあけ、役人たちを通した。フルヴィエ予審判事はレンガと切り石でできたこの建物を調べに行き、足跡を入念に眺めながら戻ってくるとこう言った。

「なかから物音が聞こえますよ。うめき声のようなものが」

「つまりわたしが」と大尉は答えた。「三人の盗賊を閉じ込めたかもしれないと……」

「いずれにせよ」とフルヴィエ予審判事はさらに言った。「三人の足跡はあそこに続いている。そして四人目の足跡は、ドタ靴でできたものではない。もっと洒落てほっそりした、普通よりもサイズの小さい靴の跡です」

「だったら予審判事さん、わたしの靴とその足跡を比べてみたらよろしいかと」

大尉は答えを待たずして窪んだ道に入り、示された足跡のうえを踏んだ。形も大きさもぴったり同じだ。

二人の警備員が左右から、さっと彼をはさみ込んだ。

「鍵を出せ……持ってるな？」と一人が命じる。

大尉が錆びた大きな鍵を手渡すと、憲兵隊員がそれですぐに鉄扉をあけた。なかでは三人の男たちが体を寄せ合い、口々に何か言っている。《人殺し三人組》だ。

憲兵隊員は彼らを外に出した。

ドゥーブル＝チュルクは大尉にむかって拳を振りあげ、わめきたてた。

「ほら、こいつだ。この野郎がおれたちを捕まえたんだ。もう少しで平底船に着くところだったのに。輪投げみたいにして、おれの首にロープをかけやがった。顔を覚えているぞ」

「それじゃあ」と大尉は笑いながら言った。「わたしがたったひとりでおまえらを捕え、三人ともここまで引っぱってきたっていうのか？」

「そうだとも。てめえはおれの首に輪になったロープをかけてたからな。引っぱるだけでいいってわけよ。フィナールとプス＝カフェは見えない手につかまれたみたいに、じっとしていやがった。あの二人は袋を持っていたしな。てめえはおれたちをあそこに閉じ込め、金貨を横取りしやがったんだ」

「おまえらは三対一でやられてたと？」

「しかたなかったのさ。てめえは色んな手を使って、おれたちを言いなりにさせたからな。針で皮膚をつついたり、腕が壊れそうなでっかいやっとこを使ったり。それで無理やり歩かされたんだ」

フルヴィエ予審判事は窪んだ道の岩壁と大尉のあいだに入って、つっけんどんな口調で言った。

「金貨の袋はどうしたんだ？」

「では判事さんは、この悪党の話をひと言なりとも信じているんですか？　わたしがこの巨漢とふたりの仲間を相手に、打ち勝つことができたと？」

「たしかに難しいだろうが、策を弄せば力を補えるからな。そもそもきみは何者なんだね？」

「これは訊問ですか？」

「答えるかどうかは自由だが」

「別に秘密にするようなことは、何もありませんよ、判事さん」

それから彼は静かに話し始めた。

「アンドレ・ド・サヴリー大尉。予備役軍人ですが、今はパリ北部の教育機関でボランティアの教師をしています。このあたりではココリコ大尉の名で知られています」

「住所は？」

「ここです」

「防塁のなかに寝泊りしていると？」

「いいえ、柳の木のあいだにかけたあのハンモックに。その下にある木の幹は、テーブル代わりに使っています。ほら、煙草入れと、シャツが二枚干してあるのが見えますよね」

「雨が降ったら？」

「雨が降ったら、ゴムの覆いをかぶります」

「大雨のときは？」

「その場合は、枠にはめたガラス板の下で寝ます」

「あまり快適とはいえそうにないが」

「とても健康的ですよ」

「職業は？」

「考古学者、都市計画家、講師、教育者」

「儲かるのかね？」

「名誉が得られます。わたしにはそれが大事なんです。まず考古学者としては、ガロ・ロマン期の遺跡や発掘品に興味がありましてね。マイエンヌ県にあるローマ時代の基地跡を掘り返したり、リールボンヌの古代劇場を再建したのはわたしなんです。ほかにも、ユリアヌス帝によってパリ周辺やノルマンディに建てられた色々な都市を。ここに来たのも、ジュランヴィル、つまりユリアヌスの町という名前に関心があったからでして。城砦跡を見つけてこの土地を買い、小山を発掘したんです。その瓦礫のうえに、今わたしたちがいるというわけです。こうして、城砦の中心となる防塁が見つかりました。そこは征服者たちが武器や財宝を隠した秘密の場所だったのです」

「きみはそれを自分のものにしたと？」

「財宝をですか？ もちろんです。金粉五十万フラン分くらいですがね。わたしと元の地権者、それに市とで、三分の一ずつ分けました。こうしたやり方は、国務院《コンセイユ・デタ》によって認められています。わたしは規則どおりにやっているんです。非難されるようなことは何もありませんよ、判事さん。いかに誠実な人間でも、もしわたしの立場になったなら、これ以上誠実にはできないでしょうね。さて、次に都市計画家についてですが」

ココリコ大尉はフルヴィエ予審判事の腕を取り、領地と川のあいだに連れて行った。そこにもゾーヌの一部が広がっている。

「いや、景色が一変したな」と予審判事は驚きの声をあげた。「今まではずっと、貧しく、汚らしい、惨めな様子ばかりが続いていたのに、ここからはきれいに整って、感じがいいくらいだ」

「それが都市計画なんです。すばらしいじゃないですか、判事さん、腐敗と恥辱から新たなものを作り出すのですから。みすぼらしいボロ屋の代わりに、色とりどりのきれいな明るい家が立ち並ぶ。タールを塗って波打ったボール紙の小屋がひしめき、泥や野菜屑、糞便、動物の死骸が混ざって腐臭を放っていたところに、しっかりとした地面、通り、舗道ができるのです。道路を計画して正確な図面を引き、地面を掘り、水道を通し、配管や舗道を設備するのは、何という喜びでしょう。ガス栓を設置し、電線を張りめぐらせ、木を植え、公園やホール、音楽堂、安い労働者むけ住宅のためのスペースも確保しなければ」

「でもそれには、目玉が飛び出るようなお金が必要だろう、大尉」

「必要なんてものじゃありませんよ、判事さん」

「きみはそんなに大金持ちなのか？」

「そんなにどころじゃありませんね、判事さん」

「よくまあ足りるものだ」

「足りませんとも。いくらわたしが金持ちでも、ほとんどすっからかんです」

「だったら？」

「だったら……盗んでくるんです」

## 6　奇妙な男

「盗むだって？」と予審判事はびっくりして聞き返した。

「別の名前でね。わたしには二つの顔があるんです。ひとつはアンドレ・ド・サヴリーという名の顔、もうひとつは……」

「もうひとつは、アルセーヌ・ルパンだな」と予審判事はさえぎった。

「まあ、そういうことです」とココリコ大尉は認めた。「アルセーヌ・ルパンは今、警視総監の私的技術顧問も務めれば、内務省の考古学者や都市計画家、文部省と厚生省の教師も務め、法務省の信頼を得た紳士でもある……人生のすばらしいしめくくりじゃないですか？」

「ルパンは死んだと聞いているが」

「ルパンは死んだかもしれませんが、わたしは死んでいません。花の盛りの歳だというのに、死んでなんかいられませんよ」

「歳はいくつなんだ？」

「四十歳」とアンドレ・ド・サヴリーはそっけなく答えた。「せいぜい四十歳ってところです。体力は充分。熱中できる仕事を二つも三つもこなし、盗むべき金も……」

「でも、お金がないときは？」

「金《きん》を使います。防塁から集めた金粉は、半分しか申告しませんでしたから」

「きみには期するところがあるんだな？　何か計画が」

「ええ、すばらしい計画がね」

「金貨の袋は、きみが手にしていると？」

「恐らく」

「きみを逮捕し……工兵隊に地所を調べさせたら？」

「時間の無駄です。逮捕されても逃げ出して、財産を取り返します。いずれにせよ、逮捕はできないでしょう。あなたの上司が認めません」

「予審判事に上司はいないさ、大尉」

二人は立ちあがり、しばらくにらみ合ったが、やがて予審判事がゆっくりと続けた。

「ともかく、もし逮捕したらどうする？　きみの社会的立場、司法上の立場は、自分で思っているほど堅固なものではない。きみを捕まえ、盗んだ七億を隠し持っていると白状させたなら、今までのように特別扱いはされん。あえて誰も手出しをしなかったときとは違うんだ。さあ、もしわたしがそうしたら？」

　大尉は一瞬考えた。ただの脅しではないらしい。彼はひとっ飛びに防塁へむかうと、ほどなく長く線を伸ばした電話機を手に戻ってきた。それをフルヴィエ予審判事に差し出し、こう言った。

「警視総監とつながっています。総監はあなたとお話ししたいと」

　予審判事が電話機を受け取ると、サヴリーは遠慮して離れていった。

　ほどなくフルヴィエ判事はにこにこしながら大尉のもとにやって来た。

「大尉、いろいろ聞かせてもらいました。いえ、あなたに関する調査報告ではなく、限りない賞賛の言葉をね。あなたの類まれなる才能もさることながら、その振る舞いがすばらしいと言って。戦争のときには、モロッコ王国を救ったとか。あなたは……」

　アンドレ・ド・サヴリーは首を横にふった。

「いや、当時あそこにはリオテイなる人物がいて、あなたの功績を認めている」

「元帥はとても謙虚な方ですから」

「あなたもだ、大尉。どうやら……」

「手短にお願いします、判事さん」

「要するに、あなたは信頼に足る協力者だということでした。どんな目的でも、もっとも確実で公正にやり遂げる人だと。たとえその方法が、一見荒唐無稽に見えようとも」

「それでは逮捕状はなしですか?」

「もはや問題外だな。あとはただ、あなたが認めようとしない目的をどう達成するかです」

「その目的とは?」

「金貨の袋を返すこと」

「誰にですか? フランス銀行に? それともイギリスの銀行に?」

「いいや、大尉。反対意見を押し切り、あの金貨を銀行から銀行へ空輸するよう求めた人物、つまりハリントン卿にです」

そのとき、すらりとして身軽そうな若者がやって来た。

「どうした、ジョゼファン?」

「手紙です。近所の子供が、大尉に渡すようにと持ってきました」

「なるほど」とサヴリーは言った。「青い十字架の印がついている。これは重大だな。ほかには何か?」

「これだけです、大尉」

「それじゃあ家に帰って、わたしの昼食を準備しておくよう、妹に言っておけ。途中、一口食べておくから。さあ、行け」

彼は手紙の封を切らず、そのままポケットに入れた。

「読まないのですか?」とフルヴィエ判事がたずねる。

「ええ、中身は予想がつきますから。脅迫状ですよ」

「あなたに対しての?」

「ルパンに対してのです」

「敵がいると?」

「わたしを憎んでつけ狙い、計画を妨げようとするイギリス人がね。そいつは恐ろしく手強い相手です。とてつもない資金力があり、あらゆる策を弄してくる。やつはわたしを打ち倒そうと、毎日脅迫状を送ってくるのです」

「このあたりで、そいつの手先となっているのは?」

「《人殺し三人組》ですよ、フィナール、プス=カフェ、ドゥーブル=チュルクの。それに三人の悪党のまわりを、うろちょろしている連中です」

「何かわたしにできることは? 部下を三十人ほど貸してもいいが……いや四十人でも……五十人でも」

「部下なら五百人、千人といますから。お気持ちは感謝しますよ、判事さん」

「でも、どこにいるんです?」

大尉の脇に、切り出した木の幹があった。それをおろして裏返すと、快適なベンチになった。大尉は隣に腰掛けるよう、フルヴィエ判事にうながした。

「聞いてください、判事さん。ここはひとつ、わたしのことを徹底的に知ってもらったほうがよさそうだ。先ほどわたしの二つの顔、考古学者と都市計画家について明かしました」

「第三の顔も興味深いがね。つまり、ルパンの顔も」

「わたしにはもう、興味ありませんが」と大尉は笑いながら言った。「もう飽き飽きなんです。ルパンが善行に励もうが、悪事を働こうが、結局はあの気取り屋が耐え難く思えてくるんです。もう静かにしておいて欲しいと」

「それでもルパンは続けるんだろう？」

「背に腹は代えられません。都市計画家と考古学者を支える手助けをしているのは、ルパンですから。彼らに援助金を出し、出資し、保護しているのは。その二人には存在する権利がある。彼らは行動しているのです」

「一致団結して行動しているのだと？」

「三人とも、一致団結しています。それにまだお話ししていない、四人目もいましてね。とても熱中できる仕事……教師、教育者をしている者が」

「その成果は、先ほど見せてもらいましたよ、ココリコ大尉。あなたがスタジアムにいたときに」

「それはどうも。ココリコは子供たちの指導教官です。わたしは彼を通じて子供を動かすことで、大人も動かそうと努めているのです」

「つまり、先生ということか」

「教師、舎監。どう呼ぼうとかまいませんが。ともかく子供たちは規律正しい人間、規律の必要性と美しさを理解する人間として、わたしに従っているのです。子供たちには市民としてのモラル、活力、品位、誇り、精神生活の何たるかについて教えています。判事さん、あなたが目にした小世界は今も発展しています。わたしはあの子供たちによって家庭内に道徳的規範を導き、民度を高め、飲酒や怠惰といった悪癖に戦いを挑んでいるのです。今は成人や女性のための学校を作っていて、いずれ職業訓練部門も広げるつもりです」

「でもそれは、国の仕事では？」と判事が口をはさんだ。

「国は何もしません。だからわたしが、この手で実現しようとしているのです。子供たちは皆忍耐強く、喜んでわたしの思いを受け入れてくれます」

「ひとりひとりが将来のルパンというわけか」

「子供たちはわたしの正体を知りません。わたしが彼らの心を捉えるのは、そのもっとも気高い能力に訴えかけるからなのです。子供たちは本能的に秩序や規律、運動が好きなのです。自らの意思や体力、気力、勇気をぎりぎりまで試すことが。わたしは彼らにとって、こうしたことすべてを体現しています。さらには秘密結社に加わる喜び、責任ある任務に選ばれる喜びもある。想像してみてください。昨晩、わたしが《人殺し三人組》を気絶させたあと、縛りあげて防塁まで運ぶのを手伝った十人ほどの子供たちが、どれほど鼻高々だったかを。夜の十一時、《勇者》班に指令を出し、午前零時に全員が集合しました。ラ・クロッシュ親爺を縛ったのも彼らです。彼らの手が闇のなかでせっせと、粘り強く、細心の注意を払ってわたしの計画を実行したのです」

「あの柱にある《頭髪狩り》というのは？」と判事は張り紙のうちの一枚を指さしながらたずねた。

「ゾーヌの娘がたぶらかされたり乱暴されたりしたら、すぐさま子供たちが犯人を知らせてきます。そして三日後には、悪事の代償が支払わされるのです。夜中に《頭髪狩り》班が犯人の部屋に忍び込み、髪の毛や眉、ひげが生えていればそれもすべて剃ってしまいます。犯人の男はみんなにあざ笑われるやら、怪しまれるやら、みっともなくてもうおもてを歩けません。二ヵ月後、再び遠征が行なわれます。もう二度とよからぬ気は起こさないと確信が持てるまで、それが続くのです。こんなふうに道徳を守る警官役をするのは、子供にとってとても楽しいことです。それにわが子たちはすこぶる責任が強くて、仲間割れなんか決して起しません。ルパンの卵だとあなたはおっしゃいますが、いえいえどうして、彼らはこれから立派な大人になる者たちです」

「あなたのような大人に、ということですね、大尉」

「ええ、でももっと汚れのない、清廉な大人です。わたしはルパンであり続け、そうした企てのための資金を調達しなければなりません。ルパンが予算を立て、ルパンが配分し、ルパンが……もし彼が盗みを働かなければ、何もかもおしまいだ。慈善家の出番はなくなります」

「それに恋の出番も、ルパンの愛に満ちた私生活も」とフルヴィエ予審判事はにやにやしながら言った。

「ええ、そうですとも」と大尉は叫んだ。「愛こそ機械を動かす原動力、人々に理想と信念をもたらす源なのです……どうやらわたしのやり方を、よくご存知のようですね」

フルヴィエ判事はうなずいた。

「でもジェンヌヴィリエからパンタンのあいだでは、あなたも心穏やかでいられるのでは。貧しく悲惨なこのゾーヌには、何の誘惑もないでしょうから」

「ええ、ここへ来た理由のひとつがそれなのです。峻厳な生活が送れるものと期待して、こちらに導かれてきました。ところが……」

「ところが？」

「運命のいたずらが事態を変えてしまったのです。仕事でイギリスに滞在していたとき、わたしはひとりの若いフランス女性と出会いました。すらりと背が高く、ブロンドの髪をした、輝かんばかりの美人です。わたしはすぐに紹介してもらいました。彼女のためなら一生を捧げてもいい。そう思えるような女《ひと》です。でもわたしには、そんな資格はありません。もう若くはないし、本名も正体も隠さなくてはならないのですから。それでもわたしはともにパリへ来て、陰ながらそっと見守ることにしました。危険な敵に目を光らせ、彼女が幸せに暮らせるようにと。こうしてわたしは、昨晩ロンドンから飛行機で送られてくる途中に盗まれた大金は、彼女宛だったことを知りました。しかるべき持参金になるはずのお金だったのです。わたしはそれを取り戻しました。さっそく彼女に返すつもりです」

そのとき、鐘の音が響いた。

「レンガ工場の鐘だ。十分後に水泳と飛び込みの授業が始まると、仲間のジョゼファンが知らせてきたのです。そろそろ失礼しなければなりません、判事さん」

二人は握手を交わした。けれどもフルヴィエ判事は思い出したように、こう言い添えた。

「大尉、さっき届いた手紙のことをお忘れでは？　わたしとしては、大いに興味があるのだが」

「わかってます」と言うが早いか、サヴリーは手紙を取り出し封を切った。

そしてさっと目を通すと、怒ったような身ぶりで、くしゃくしゃの封筒をポケットに戻した。

「何ということだ」と彼はうめいた。

「敵から？」

「ご自分でお読みください、判事さん」

フルヴィエ判事は心配そうに、小声で読み始めた。

「大尉殿

三十四番のはしけをご存知だろう。今日、昼の十二時に、そこで待っている。われわれから奪い取った金貨は、素直に返したほうが身のためだ。さもないとティユール城に滞在中の美しい令嬢が、このうえない辱めをこうむることになる。かつてインド総督まで務めたイギリス貴族の娘の名誉は、貴君に求められた代償に匹敵すると、納得していただけることと思うが……」

フルヴィエ判事が読み終えないうちに、大尉はその腕を揺さぶった。

「判事さん、急いでティユール城へ行き、コラさんと彼女を招いたヘアフォール伯爵に警告してください。彼女は部屋に閉じこもっていること。召使い全員で見張り、誰も城に入れないこと。あそこには番犬もいるはずだ」

「それじゃあ、こんなこけ脅しを信じていると?」

「ええ、信じていますとも。何週間も前から、わざわざわたしの様子を探っていた連中がいるんです。昨晩盗まれた金貨をわたしが取り戻したことも、やつらはしっかり把握しています。そして自分たちのものだと思っているものを返すよう、迫っているのです。実にうまい手を考えたものだ。わたしにあきらめさせるのに、これ以上の策はないでしょうからね。とても大きな危険が迫っています。わたしにはわかるんです。やつらはとても大胆で、資金も豊富だ。何があっても引き下がらないでしょう」

「それならあらためて協力を申し出ましょう、大尉」とフルヴィエ判事は言った。「三十四番のはしけで待ち合わせるとき、警官を数十人同行させ、すみやかに敵を捕まえる。それで問題は解決だ。コラ嬢は危険を脱し、金貨の袋は持ち主に返して、犯人を一網打尽にできる」

大尉は不安そうな顔をして、その場を行ったり来たりしている。怒りが収まらないのだろう。そして最後には、足を踏み鳴らしながら大声をあげた。

「いいや、だめだ、だめだ！　そんなやり方ではうまくない。警官がいたら、敵も警戒するでしょう。脅迫は延期されるだけで、一味に手が届かなくなってしまいます。待ち合わせには、誰もいっしょに来ないでください。そのほうがいいんです。やつらは身代金を待っているだけなので……」

「それなら大尉、あなたの計画は？」

ルパンは両手をポケットに入れた。

「計画はありません。出たとこ勝負で行きますよ。判事さん、お願いですから余計な手出しはしないで。かえって事態を悪化させないとも限りません」

「いや、しかし」とフルヴィエ判事はまだ言い張った。「警察の協力を断わるなんて」

「協力はけっこうです」

「そうは言ってもコラ嬢は……」

「コラ嬢には……彼女の持参金には手を出させません……十二時ごろまで、しっかり監視していればいいんです。罠はすでにしかけられているでしょうから。わたしはセーヌ川の河岸にいますから、あとで来てください。生徒たちを見に行きます。ジョゼファンに指示を出したり、細かな注意もありますから」

「本当に恐ろしい相手だと？」

「ええ、あいつらのやることは何もかも！　でもやつらは、どうしてわたしを狙ってくるのだろう？　わたしの何が目的なんだ？　正直、闇のなかでもがいているような思いです。はっきり感じられるんです。やつらは途方もないことを準備している、わたしの反撃を恐れていると。でも、何を準備しているのだろう？　やつらを操っているのは、どんな力なんだ？　必ず突きとめてやるからな……」

フルヴィエ判事はティユール城へむかい、大尉は広々としたスタジアムをゆっくり横切って、セーヌ河岸へ着いた。川に沿って伸びる桟橋の緩やかな坂をのぼると、そこから広い踏み台がおだやかな川面に張り出している。アンドレ・ド・サヴリーは左側にそびえる見張り台にのぼり、ジョゼファンの隣に腰を落ち着けた。ジョゼファンはほら貝を口に近づけ、ひと吹きした。半島の野原に響き渡るしゃがれた音は彼方の丘にあたり、こだまとなって戻ってきた。

ゾーヌの四方八方から、子供たちが全速力でやって来る。スタジアムを駆け抜け、埠頭の斜堤をよじ登り、ガウンを放って踏み台のうえを疾走すると、歓声とともに頭から飛び込んだ。

「大尉万歳！」

子供たちの頭が、ブイのように水面を跳ねまわっている。やがて彼らは腕をぐるぐるとまわして水泳の体勢に入ると、全力をつくした熱い競争を始めた。

フルヴィエ判事がサヴリー大尉のもとにやって来て、ティユール城へ行った報告をした。ヘアフォール伯爵に事情を説明して、しっかり見張るように頼み、コラ嬢にも警告をしてもらったという。

「どうもありがとうございます」とサヴリーは言った。

フルヴィエ判事は眼下の光景を眺めた。

「子供たちはみんな、あなたが好きなんですね」と彼はつぶやいた。

「わたしもそれ以上に、あの子たちを愛しています。きっと想像もつかないでしょうね。まだ損なわれていないあの自然児たちのなかに、どれほどすばらしい資質が見出せるか」

きゃしゃな体が次々と槍のように宙を切っては、ぴったり同じ軌跡を描いて波間に突っこんでいった。競争が始まるなり、評価を下すリーダーの目の前で追いつかれてはなるものかと、みんな必死に力を競っている。

「あなたは彼らを全員知っているのですか？」

「ええ、名字も名前も。ブラヴォ、ジャン・シャバス」とサヴリーは叫んだ。「いいぞ、プティ・ポール。さあ行け、カラン、元気よく！　もうちょっとだぞ、その飛び込みは、ヴィヴァロワ。フォクロン、集中しろ。ああ、すばらしい、マリ＝テレーズ、男の子に勝ってるぞ。クロールの手を伸ばして。ブラヴォ！　追い抜いた。チャンピオンですよ、あのマリ＝テレーズは」と彼はフルヴィエ判事に声をかけた。「見てください。あんなに伸び伸びして、ばねが効いていて。まさにオリンピック選手だ」

突然、彼は判事の腕をつかみ、真っ青な顔をしてつぶやいた。コラ……コラ・ド・レルヌ……

はたして、若い女性が坂のうえからあらわれた。彫刻のような肩に、いくつもの色が混ざったウールのガウンをはおっている。彼女はそれをさっと脱ぎ捨て、すらりとした長い脚と、黒い絹の水着から覗く真っ白な胸もとを露にして、川に飛び込んだ。

「頭を下にして」と大尉は叫んだ。腹を立てているのがよくわかる。

けれども遅すぎた。コラは高く飛びあがり、そのまま両手を体につけて、まっすぐ落ちて行った。

彼女は水面に顔を出すや岸に戻り、鉄の鉤釘をつたってアンドレ・ド・サヴリーのそばまで行った。

「ごめんなさい、大尉」

サヴリーはぶっきらぼうな手つきで彼女を引き寄せた。

「ヘアフォールに会いましたよね？」

「ええ」

「手紙の話をしてませんでしたか？」

「聞きました」

「あの脅迫状は重大です。誰が出したのか、わかっているのですか？」

「おそらく、オックスフォード公エドモンドの秘書でしょう。裏切り者で偽善者で、信用ならない男です」

「ともかく軽率すぎます。城を離れるべきではなかったのに」

「何も恐くないわ。だってあなたがいてくれるもの」

「わかっています。どんな危険があろうとも、最後まで安心していてください。たとえわたしの約束が、どんなに突拍子もなく思われようとも」

「安心してますわ」

「震えも不安もないですね?」

「平静そのものよ」

ルパンはコラを見つめた。彼女が微笑むと、はっとするほど美しかった……とても清らかで飾り気なく、まぶしいくらいだ。

「さあ、もう戻って、コラ。わたしをいつまでもずっと信頼していてください」

彼女は元気よく水に戻った。今度はほかの誰よりも完璧に、優雅に飛び込んで。

「美しいかたですね」とフルヴィエ判事が言った。

「ジョゼファン」と大尉は呼んだ。

ジョゼファンがやって来る。

「むこう岸を走っているあの船は何だ?」

「モーターボートです。しばらく前から、ときおりあそこにつながれていましたが……今朝になって動き始めました」

「持ち主は?」

「わかりません」

「つかんでおくべきだぞ」

「一時間もあればわかります」

「それでは遅すぎたら？」

ボートはすばやく動き始め、三百人もが顔を出しているセーヌ川の真ん中に、突進していった。

「乗っているのは四人だな」と大尉は言った。

それから締めつけられたような声で、口ごもるように続けた。

「あいつらの目的は明らかだ」

コラ・ド・レルヌが、ほかのみんなのうえに顔を出した。上半身もほとんど水からあがり、まるで人魚のようだ。陽光を受けたブロンドの髪が、金の兜《かぶと》さながらきらきらと輝いている。

「ぼくも川に飛び込みます」とジョゼファンが言った。

「だめだ、間に合わん。不意打ちを食らった」

「まさか」

「みんな、気をつけろ。ボートにむかえ」と大尉は轟くような大声で呼びかけた。

一瞬にして、皆がくるりとふりむいた。腕という腕が、攻撃者にむかって激しく突き出される。子供たちは危険を察し、美しいニンフを守るため、撥ね飛ばされるのも恐れず彼女のまわりを取り囲もうとしているのだろう……けれどもコラは子供たちを追い越し、まわりから狭まる輪を抜け出して猛然と泳ぎ始めた。

　大尉も軍服を脱ぎ、川に飛び込んだ。

　ジョゼファンは恐怖の叫びをあげた。ボートが子供たちのなかに突っ込んでいく。けれども彼はすぐに大笑いした。いったん潜った子供たちが、再び水面に顔を出した。

　怒号と罵声があがった。子供たちは攻撃者にむかって、口々に叫んでいる。攻撃者たちは足止めを食らい、その場で船を動かした。コラ・ド・レルヌも水に潜った。そして息継ぎに顔を出したときは、敵からずっと離れていた。敵は興奮して彼女を罵り、必死に近づこうとしている。

　おかげで大尉が行くまでの時間稼ぎになった。彼はボートに手をかけてひっくり返そうとしたが、すぐにまた潜った。

　冷酷で残忍そうな顔をした敵の一人が大尉に殴りかかり、拳銃をむけたのだ。泳いでいる大尉のすぐわきに銃弾が撃ち込まれ、ぴしゃっと水が跳ねた。攻撃は三度繰り返された。今やボートに乗っている全員が、大尉にむかって銃を撃っている。危険なのは彼ひとりだとでもいうように。これ以上は続けないほうがいいとサヴリーは判断した。遠ざかって顔をあげると、ボートがコラのほうへ突進し、巧みにそのわきに近づくのが見えた。野蛮な顔つきの男が、仲間二人にベルトを押さえてもらい、水面に身を乗り出してコラを捕えた。そして獲物を抱えるようにして無造作に引っぱりあげ、甲板に投げ出した。

サヴリーは怒りの唸り声をあげた。
男たちがコラ・ド・レルヌの裸の足や腕を押さえつける。
動き出すボートをサヴリーは目で追った。
ボートはコラを乗せて遠ざかる。こうなっては、彼に何ができるだろう？

## 7 救　出

アンドレ・ド・サヴリーは桟橋に戻った。見張り台に腹這いになって、戦場を眺めていたジョゼファンは、セーヌ川を遡《さかのぼ》っていくボートに双眼鏡をむけた。

「どうした、ジョゼファン？　笑っているようだが……」

「笑ってなんかいませんよ」と若者は答えた。「でも、お腹がよじれて」

「なぜだね？」

「ご覧になりませんでしたか？　戦闘のあいだに仲間のひとりが、ボートの舵にしがみついたのを」

「仲間のひとり？」

「ええ、女の子です。マリ＝テレーズ・ラ・クロッシュ。ぼくの双子の妹みたいなものです。あいつの大胆なことといったら！　でも、ずっとそのままでいられるかですって？　あいつは何があってもあきらめません。一時間後には、歩いて戻ってきて、捕虜がどこに連れて行かれたのか報告してくれるでしょう」

「かわいそうに、あの子が途中で手を放さなければな……手を放さないですむと思うか？」

「だからって大丈夫です。あいつははやみたいに泳げます。十八歳にもなっていませんが。あいつは大尉のためなら、殺されることも厭いませんよ」

「ボートの男に見覚えは？」

「命令していたやつならわかります。しばらく前からこのあたりをうろついていたイギリス人です。徒刑囚みたいなご面相の男です」

「名前は？」

「ゾーヌ・バーで聞いたところでは、トニー・カーベットだとか。イギリス人大公の秘書らしいです」

「オックスフォード公の？」

「そうそう、たしかそうでした」

「いいか、ジョゼファン。今の話は忘れ、興奮を抑えるんだ。むこう見ずな妹のことも、これまでにしておけ。今からわたしが与える指示のことだけを考えろ。すべてを正確にやり遂げねばならない。よく聞けよ、ことは重大だ。わたしの計画が成功するためには、何ひとつミスは許されない。全体においても細部においても」

「わかりました。話してください」

説明は二十分に及んだ。ジョゼファンはそれを一語一語復唱した。

大尉はレンガ工場跡に寄り、十五分ほどで昼食をすませた。この時間、ラ・クロッシュ親爺は出かけている。そこに子供たちが駆け込んできた。ラ・クロッシュ家の一団は、真っ青な顔をして震えているマリ＝テレーズを支えていた。彼女はオールの一撃を頭に食らい、手を放してしまった。気絶しかけながらもここまで泳ぎ着き、歩いて家に帰ってきたのだ。

「報告すべき成果は何もなしか、マリ＝テレーズ？」と大尉はたずねた。

「何もありません……わたしは反対側から、島に沿って流されてきました」

大尉は彼女をやさしく抱きしめた。

「大したことではないさ。泣かなくていい。きみはすばらしい女の子だよ」

「それでも、幸先が悪いですよ」と兄のジョゼファンは悔しそうに言った。

アンドレ・ド・サヴリーは彼をたしなめた。

「マリ＝テレーズがボートにしがみついていったことを聞く前から、わたしの計画は決まっていたじゃないか、ジョゼファン」

「はい」

「つまりわたしには初めから、この件をひとりで切り抜ける方策があったんだ。それなのに、何の根拠があって疑うようなことを？」

ジョゼファンは恥じ入ったようにうなだれた。

「もう十二時十五分前だ」とサヴリーは言った。

「わたしは三十四番のはしけに行く。時間を無駄にするなよ、ジョゼファン」

三十四番のはしけは、ジェンヌヴィリエの半島の先端部に位置していた。主街道がそこまで続き、正面には丸い悪魔島《ディアブル》がある。島の木々は、まるで緑のスクリーンだ。岸と島のあいだには、幅十五メートルもないセーヌの支流が流れていた。葉はこんもりと生い茂っているので、むこう側がどうなっているのかはまったくわからない。川の対岸に通じている四十二番のはしけも見えなかった。

フルヴィエ予審判事は、警視と警官隊を引き連れて来たほうがいいと判断した。五十人にものぼる警官たちは下方、三十四番のはしけのややうしろあたりに待機した。

「あなたが仲間といっしょにやって来るだろうと思っていましたよ、判事さん。だからわたしも、予防策を講じておきました」と大尉は告げた。

「金貨を取り返し、無事持ち帰るのがわたしの職務ですから」と判事は答えた。

「そうさせまいとするのが、わたしの義務です」とサヴリーは言い返した。

アンドレ・ド・サヴリーはそれ以上何も言わず、茂った木々の陰になって見えないスタジアムのほうへむかった。

教会の鐘が時を打った。スピーカーで拡張された大声が、こう告げた。

「十二時です」

五分が過ぎ、十分が過ぎた。スタジアムから続く道のうえに、三つの人影があらわれた。重い荷物を持った《人殺し三人組》だ。

先頭を歩いているドゥーブル＝チュルクは、二十歩ほどのところまでやって来た。彼の足取りは、巨大なオランウータンそのものだった。二つに折った体に大きな袋を担ぎ、ねじれて曲がった脚は今にも崩れそうだ。野獣のような顔は、ヤマアラシの針にも似た硬い白髪まじりのひげに覆われ、いかにも愚鈍そうに見える。もう倒れる寸前なのだろうか、ぶらぶらと揺れる両腕は地面までさがっていた。けれどもグループのそばまで来ると、彼の表情が変わった。もう荷物も気にならないかのように、体をぴんと伸ばしている。

フイナールとプス＝カフェも疲れてひきつった笑みを浮かべながら、自分たちの荷を運んでいた。

フルヴィエ予審判事の命令で警視が部下たちに合図を送り、号令をかけた。

「三人の悪者どもをひっ捕えろ。かかれ！」

ところが警官たちは、その場を動こうとしない。

警視はさらに強い口調で号令を繰り返した。警官たちは前に進もうと体を動かすものの、誰ひとり前に進まなかった。地面に釘付けにされたか、立木になったか、いやむしろマネキン人形に変身してしまったかのように。

「縛られているんだ」と予審判事はつぶやいた。「見てみろ。みんな足を紐でつながれている」

そこで判事ははたと思い出した。そういえば十五分ほど前に、子供の一群が警官隊のあいだを走りまわっていたじゃないか。「ルパンの子供たちか」判事は唖然とした。「まったく、油断も隙もないやつだ」

警官たちは紐を切り、警視は拳銃を取り出した。

「おい、撃つんじゃない」とジョゼファンが叫んで、警視の腕をつかんだ。「大尉のご命令だ」

それに、もう遅すぎた。突然、悪魔島《ディアブル》からはしけまでタラップがおろされた。ただのブナの木に見えたのが、実はタラップだったのだ。三人組はせせら笑いながらそれを渡っていった。

「大尉万歳だ！」とドゥーブル＝チュルクは、スポーツ選手みたいにまっすぐ背を伸ばして叫んだ。

タラップはすぐにまたあがってしまった。一分後、モーターボートの爆音が聞こえると、警官隊はそちらへむかおうとした。

「無駄だよ」とジョゼファンは言った。「こちら側に橋はない。川を渡るには、悪魔橋《ディアブル》まで戻らなくては」

たしかにそのとおりだった。これでもう、三人組は心配ないというわけだ。

モーターボートは全速力で悪魔島《ディアブル》を離れ、三百メートル先で右に曲がって、小さな港に入った。港の端にある跳ね橋のむこうには、主塔を備えた城が蔦《つた》に覆われた廃墟のなかに立っている。

その道々、フィナールは大きな声に出してルートを説明し、プス＝カフェは桟橋までの距離を目測していた。どうしてわざわざそんなことを？　まるで目に見えない誰かに、それを知らせようとしているかのようだ……

主塔の下まで着くと、三人は低いドアの前で立ち止まった。

「リフトを使うといい」と見張りの召使いが言った。「荷物はずいぶんと重そうだからな……」

「なんのこれしき」とドゥーブル＝チュルクは冗談めかして答えると、さっさと階段をのぼり始めた。

彼は軽々とのぼっていった。

三階でひげ面の男が待っていた。カーベットという名だと、ジョゼファンが言っていた男だ。

「金貨の袋は持ってきたな？」と男は、貪欲そうな顔を喜びで輝かせながら言った。

「まちがいなく」

「壁の隅に並べろ……そうしたら、行くぞ」

「どこへですか？」とフィナールがたずねる。

「主塔の下だ。ドゥーブル＝チュルク、おまえはここに残っていろ。不意を襲われても、おまえがいれば充分だ」

男はドアを閉め、差し錠をかけた。広い独房のような部屋で、テーブルがひとつ、腰掛がふたつ並んでいる。奥の石壁の窪みにはベッドがはめ込まれ、そこにコラ・ド・レルヌが横たわっていた。上半身にガウンがかけられ、両手両足が銅の格子に縛りつけられている。

「ドゥーブル＝チュルク、窓から外の様子を見張っていろ。おれの用意がすんだら、下を探れ」とカーベットは命じた。

それから彼はベッドに近づいた。コラは目を閉じたままだ。眠っているのだろうか？　カーベットが裸の肩を指で撫でると、コラはびくっとした。

「触らないで、汚らわしい」

「いい知らせだぞ」とカーベットはもったいをつけて言った。「身代金が届いた」

「それじゃあ、もう自由なのね」

「ああ、自由だとも」

立ちあがろうとするコラを、カーベットはぐいっと押さえつけてこう続けた。

「ちょっとした手続きにも、ご自由に同意していただこうか」

彼はコラのうえにのしかかり、キスをしようとした。

「何するのよ！　冗談じゃないわ！　そんなこと、わたしがさせるとでも思ってるの……」

「あんたの同意なんかいらないさ。むしろ暴れて抵抗してくれたほうが、こっちは興奮する。一番偉いのはおれさまなんだ。あとはどうなろうと知ったことじゃない。千載一遇のチャンスだからな。みすみす逃す手はないさ」

「死んだほうがましだわ」

「だからって同じことさ。死んでいようが生きていようが、あんたのきれいな唇はおれのものだ」

ところがそのきれいな唇に、突然笑みが浮かんだ。

「おや、その気になり始めたかい」とカーベットは驚いたように言った。「笑っているじゃないか。そうとも、なかなかいいものだぞ。あんたに恋焦がれる男のキスはな」

「嫌いな男のキスなんて、女にとってはおぞましいだけよ」

「好きな男のことでも考えていろ」

「好きな人はいないわ」

「いるさ。おれの兄弟分のオックスフォード公が好きなんだろ」

「いいえ」

悪党は顔をこわばらせた。

「それなら、サヴリー大尉が好きなのか。サヴリーが好きだってことは、やつを信じているんだな」

「ええ、信じているわ」

「あんたを助けに来ると？」

「きっと」

「どこからも入ってこられないぞ」

「もう入っています」

「ここにいるだって？」

「そうよ」

奥の壁に穿たれたえんじ色の窪みに、隣のガラス窓から射し込んだ光が照り返している。ところがそこに、何やら影がかかっている。誰かいるのだろうか？

「あれはドゥーブル＝チュルクさ」とカーベットはあざ笑うように言った。

「違うわ」とコラは言って、首を横にふった。

「あんたを助けに来た男だと？」

「そうよ」

「それなら警告をありがたく聞かせてもらおう」

そしてカーベットは大声で呼びかけた。

「ドゥーブル＝チュルク、そこにサヴリーがいたら、とっちめてやれ」

悪党はコラの首筋に手をかけた。情け容赦ない、熾烈な戦いが続いた。男はボクサーのように巧みな戦いぶりだった。ガウンを引き剝がし、シーツを揺らす。怯えたコラはそのシーツにしがみつきながら、男に罵声を浴びせ続けた。

「この恥知らず……裏切り者……オックスフォード公に言いつけるわよ」

「おれの兄弟分にか？　あいつはぼんくらさ。何だっておれの指図どおりだ。敵からあんたを守ろうとしたんだって言えば、そのまま信じるだろうよ」

そのときドゥーブル＝チュルクが殴り倒され、床に転がった。と同時に、いきなり伸びた手がイギリス人の首根っこをつかんだ。

カーベットはその手をふりほどくと、ポケットから拳銃を取り出そうとした。けれどもあごを殴られ、彼も床に倒れ込んだ。

「お怪我はありませんか？」と大尉は、乱れた着衣を直そうとしているコラにたずねた。

「だいじょうぶです」

「恐ろしかったでしょう？」

「いいえ。あなたが間に合ってくれると信じていましたから。でも、どうやってここへ？」

「金貨の袋に入り、ドゥーブル＝チュルクの肩に担がれてね」

二人は限りないやさしさを込めて、いつまでも見つめ合った。コラは両手を差し出した。サヴリーは彼女に誘《いざな》われてそっと身を屈め、唇にキスをした。するとコラは力が抜けたように、枕のうえに倒れた。

「さあ、もう行ってください」

ドゥーブル＝チュルクが意識を取り戻した。サヴリーは彼が起きあがるのに手を貸しながら、こう言った。

「いいか、おまえと二人の仲間で、金貨の袋を本当の所有者のところへ返しに行け。ティユール城のへアフォール伯爵だ。おまえたちの報酬は、わたしがきちんと定め、払ってやる。わたしの代わりにジョゼファン・ラ・クロッシュから受けた任務、つまり袋を桟橋まで運び、待ち合わせの場所で袋のひとつにわたしを入れて敵のもとへ連れて行ったこと、それにティユール城まで最後の使い走りの報酬だ。ひと苦労なのはわかっているが、そのぶんたっぷりはずんでやる。さあ、行きましょう、コラ。歩く元気はありますか？」

「ええ、なんとか」

こうして五人は庭を抜け、無事野原に出た。

## 8

# 不可能な愛

近頃ヘアフォール伯爵が買ったティユール城は、スタジアムから十五分ほどのところにあった。セーヌ川に沿って左岸のはしけを結ぶがたがたの砂利道が、城まで通じていた。大尉はその道を通って、昼間はずっとあいている城の柵門まで来ると、正面中庭に立っているガレージ代わりのあずまやにむかった。ちょうどそこでヘアフォールが、四台の車のタイヤを点検していた。

「やあ、きみ」とサヴリーは声をかけた。「レルヌ嬢は無事連れ戻した」

「それで、金貨はどうなった?」

「ちゃんとここにある」

サヴリーはドゥーブル＝チュルクとその仲間を指さした。三人とも疲れ果て、汗だくになって着いたところだった。

「こいつらが持ってきた。フィナール、墓地跡に造った野菜畑を知っているな?」

「知ってますとも、大尉。聖ボニファティウス地下納骨堂跡のうえに立っている古い礼拝堂もね」

「袋の中身を、地下納骨堂のなかに空けておけ。ほら、鍵だ。一枚たりとも金貨をちょろまかすんじゃないぞ」

「まかせてくださいな、大尉。仕事については、仲間内でも律義者で通っているんだ……」

こうして律義者たちは去っていった。顔をまっすぐにあげ、やましいことは何もないとばかりに目をきらきらと輝かせて。

「大尉、きみにはどんなに感謝しているか」とヘアフォールは言った。

「感謝などいらないさ。自分のためにしたことなんだ」

「何を期待して？」と伯爵はいささかそっけない口調でたずねた。

「期待なんていう言葉は、とっくにわたしの辞書からはずしている。欲しいものがいつでも手に入るようになれば、期待する必要もないからな」

「でも今回は？」

「コラ・ド・レルヌの幸せを願っている」

「その幸せとは？」

「オックスフォード公エドモンドと結婚すること。きみ自身が決めたようにね。そして王妃としての義務を果たすこと」

「王妃の義務？」

「そう、コラ・ド・レルヌは王妃になる」

「ちょっと待って。オックスフォード公には、まだわたしの答えを伝えていないのよ」コラが二人の会話を聞いて、口をはさんだ。

オックスフォード公エドモンドは、ちょうど芝生を散歩しているところだった。

「五分後に戻ってきますから」とコラはエドモンドに声をかけた。

そしてサヴリーの腕を取った。

「大尉さん、どうしてわたしが王妃になるのか、こっちへきて話して欲しいわ。いいわね、ヘアフォールさん」

彼女はサヴリーを連れて、セーヌ川に沿った美しいシナノキの小道へ入った。静かで穏やかなひとときだった。中庭から百歩ほど歩いたところで、二人は花と果実を抱いた女神像が見おろす石のベンチに腰かけた。目の前にかかる大きな緑のアーチ越しに、川の流れが見える。

「ここはポモナ（ローマ神話に出てくる果実の女神）の広場って呼ばれているのよ。この城に来て以来、わたしのお気に入りの隠れ家よ」

ゆったりとくつろげる場所だった。寄せては返す小波《さざなみ》が川岸の砂利を洗う音だけが、静寂のなかに響いている。そのせいだろうか、二人は肩を近づけ、普段なら話さないようなことまで、いつしか口にしていた。

「あなたはわたしが王妃になることを、心から願っているのですか？」とコラはたずねた。

「それがあなたの望みなら、わたしもそうなって欲しいと思います。意外ですか？」

コラは顔を赤らめた。

「それじゃあ、お忘れなの？」

「二人のキスを？　あれはこの先もずっと、わたしが生きていく大事な糧《かて》となるでしょう。あれほどすばらしい思い出、夢のような出来事を、忘れられるものですか」

「あなたのような方がその思い出を捨ててしまい、夢を確かな意思に、つまりは現実に変えようとしないなんて驚きだわ」

「もっとも美しい夢が呼び起こすのは、想像することすらあたわない現実なんです」

するとコラは、ほとんど聞こえないくらい微かな声でこうつぶやいた。

「わたしはあなたに唇をあげたのに」

「でもあれは、恐ろしい戦いの不安がまだ消えやらない一瞬の出来事です。約束ではなく、感謝のあらわれにすぎません。あんなことをしてと、いつか後悔する日がくるでしょう。今だってもう、恥ずかしいと思っているのでは」

コラは立ちあがってアーチに近よると、土台部分にあたるバラとペチュニアの茂みに身を乗り出した。それからベンチに戻り、サヴリーの前に立ったまま誇らしげな表情を浮かべ、重々しい口調で言った。

「やらずに終わったことは、わたしもよく後悔するわ。でもしてしまったことは、決して後悔しません。わたしは自らの意思であなたを引き寄せ、あなたのキスを受け入れました。女には、自分の大切なものをあげねばならないときがあるのです……どんなに慎ましい女でも、相手がよく知らない男でも」

「わたしはあなたにとって、知らない男ではありませんよ、コラ」

「今はもう、よく知っています。あなたは繊細で遠慮深い方だってことを」

「わたしも知ってますよ。あなたが率直で気高い人だってね。だからこそ、あきらめるのはつらいのですが」

コラはもどかしげな身ぶりをした。

彼女はあきらめるのをよしとしない性格だった。しばらく沈黙が続いたあと、彼女は川に顔をむけた。そしてサヴリーが近づくと、また口をひらいた。

「率直に答えてください。ご自分の過去のせいで、ためらっているのですか？　あきらめねばならない夢もあると思っているのですか？」

「わたしのような人間はそれだけで、あまりに大きすぎる幸福、あまりにすばらしい条件を自分に禁じることがあるのです」

コラはサヴリーの話を聞きながら、バラとペチュニアの花をいくつか摘んでひとつに結び、上着の内側にピンで留めた。

「つまりあなたは、エドモンド公の求婚を受け入れたほうがいいとおっしゃるのですね?」

「ええ、絶対にそうすべきです」とサヴリーはきっぱりと答えた。

「わたしが王妃になることを望んでいるから?」

「まさしく、それがあなたの運命なのです。その邪魔になるくらいなら、死んだほうがましだ。むしろ実現のために、この身を捧げます。あなたは王妃になるべく生まれついた人だ。見ただけでわかります」

「いえ、見ないで。目をつぶっていてください」

サヴリーは目を閉じ、ささやいた。

「こうすると、あなたがもっとよく見える。その頭に冠をいただき、肩には宮廷礼服《マント・ド・クール》をはおっているところが」

「それなら最愛の廷臣として、この手に口づけをして」

サヴリーは地面にひざまずき、コラが差し出す長くほっそりした指にうやうやしくキスをした。

コラは彼の前で目を閉じたまま、しばらく黙って悲しげにたたずんでいた。これからむかわされる道の入口で、ためらっているかのように。

ずっとむこう、ティユール大通りの端にオックスフォード公の姿があった。コラは腕を振って合図すると、勢いよくそちらへ走っていった。

大尉は石のベンチにすわったまま、若いカップルのほうを一度もふり返らなかった。耐え難いひとときが過ぎていく。コラは結婚を承諾しに行ったのだろうか？

コラが木陰の道を引き返し、そばまでやって来ると、サヴリーは口ごもるように言った。

「コラ、わたしを慰めてください」

するとコラは一瞬、間を置いてから、こう答えた。

「あなたのような方は、ご自分のなかにしか慰めを求めないでしょうに」

「慰めてください」

「どのように？　どんなやり方で？　何と言って？」

「あなたの唇で」

コラは足を踏み鳴らした。

「だめです。できません」

「でも、すでに与えてくれたではないですか？」

「あのときはまだ、婚約していませんでした。でも今は、約束した相手がいます。彼を裏切るわけにはいきません。わたしは婚約者の義務を心得ています。それを尊重しなければ。女としての義務を守るように。あなたに嘆く権利はありません。あなたがたったひとこと言ってくれさえすれば、オックスフォード公への答えは別れの言葉になっていたのですから」

「今や別れの言葉は、わたしにむけられると」

「いいえ、わたしたちのあいだにお別れはありません。わたしたちのあいだにどんなさよならも別離も、認められません。オックスフォードもわかっていることです」

「彼はそれでいいと？」

「わたしたち二人には、あなたの助力、保護、協力が必要なのです。それにあなただって、わたしの援助がいるのでは？」

「わたしが？」

「ええ。だってあなたはもう、ご自分の人生を自分で決められないのですから。過去が重くのしかかるあまり、《コラ、わたしの妻になってくれ》と言う権利もないと思い込んでいるのです。あなたが奴隷のように捕らわれている過去からの解放を、何ものも妨げやしないのに」

「どうやって？」

しかしコラは、突然話題を変えた。彼女はサヴリーの手を取り、その目をじっと見つめた。そして驚いたことに、こう言ったのだった。

「あなたはとてつもない大金持ちなんでしょう？」

「想像もつかないくらいに」

「しばらく前のこと、あなたがアメリカで行なっている事業について、百億とか百二十億とかいう数字を耳にしたけれど、本当のことなの？」

「本当ですよ。あれから数字はもっと大きくなっています」

「お金はすべて銀行の金庫に？」

「今は違います。地下に埋めて、隠してあります。でも、どうしてそんなことを訊くんです？」

「あなたはそのお金でどんな立派なこと、世の中に役立つことができるんだろうって……」

「わたしがお金をどう使っているか、あなたはご存知ないのです。それなら明日、わたしといっしょに防塁へ来てください。そこで五時に、ある人と待ち合わせをしています。わたしたちの話は、きっとあなたにも興味があるでしょう。色々なことが、わかってもらえるはずです。いいですか？」

「約束するわ」

そして二人は別れた。

# 9　敵の隙を突く

　とはいえサヴリーはまだ心配だった。コラは別の男とともに歩もうとしている。その男に伴う秘密の影こそが、もはや排しがたい障害なのだから。

　彼はティユール大通りをゆっくりとのぼり、公園の正面入口まで行くと、そこで待っていたジョゼファンに賞賛の言葉をかけた。

「よくやった。文句なしの大成功だ。それで《人殺し三人組》は、袋の中身をちゃんと墓地の地下納骨堂に入れたか？」

「はい」

「途中、一枚もくすねなかったな？」

「大丈夫です」

「納骨堂の鍵は？」

「持っています」

「三人とも引きあげたな？」

「三人ともスタジアムを横切り、ゾーヌ・バーへむかいました」

「けっこう。それにしては浮かない顔をしているな。どうかしたのか？」

「大尉のお力が必要です。ぼくの手に余る戦いなので」

「話してみろ」

「ゾーヌ・バーで飲んでいたラ・クロッシュ親爺が、三人組をレンガ工場跡の家に連れてきました。少し酔っていたラ・クロッシュ親爺は、妹のマリ＝テレーズをいきなり怒鳴りつけました。先日の一件をまだ根に持っていたんです。あいつはマリ＝テレーズのブラウスをむしり取り、ひざまずかせて殴ろうとしました。《人殺し三人組》は特等席について、それを眺めているんです。ぼくが家に着いたとき、あいつはちょうど腕を振りあげたところでした。そして笑いながら言いました。《おや、ジョゼファン、おまえも見物に来たのかい……今度はこっちも用心怠りないぞ。ドゥーブル＝チュルクたちがあそこで、銃を構えている。ちょっとでも動いたら、ぶっぱなすからな。さあ、みんな、準備はいいか？　情け容赦なくいくぞ。今日はこのガキに、たっぷりお灸をすえてやらねば。そのあと大尉も片づけてやる。あいつめ、戦利品の分け前をかっぱらい、おれたちの作戦を台なしにしやがって》と。そして棍棒を持った腕を再び振りあげました。背中を打たれたマリ＝テレーズは、よろけて倒れそうになりましたが、すぐまた体を起こしました。ぼくは大声で叫びました。でもあの子は、じっと黙っているんです。少しでも体を見られないようにと胸の前で腕組みをし、真っ青な顔で、挑みかかるようにぼくらの父親を見つめています。ほとんど笑みさえ浮かべて。でもその目は、恐怖でいっぱいでした。《見てみろ、このガキを》とあいつは怒って続けました。《ずいぶんとお高くとまってるじゃないか。母親そっくりだ。さあ、ジョゼファン。おまえもわきに並べ。二人まとめて叩きのめしてやる。さあ、こっちへ来い。恨みを晴らしてやる。嫌だって？　おいみんな、こいつを撃て！　撃つんだ、畜生め。こいつには死んでもらわねば。大尉ともどもな。さもないと、わしらがおちおち寝てられないぞ。さあ撃て！　一、二、三！》そして二度、銃声が響きました。弾はぼくの頭の左右をかすめ、うしろの壁にめり込みました。ぼくは逃げ出しました。抵抗する力も、妹を守る力もなく」

「さあ、急ごう」

大尉はそう命じると、走り始めた。

二人は腰に手をあて、駆け続けた。途中、大尉がふと見ると、ジョゼファンは泣いていた。

「ぼくはただの卑怯者だ。逃げてしまうなんて」

「それでよかったんだ、ジョゼファン。無駄死にすることはない。おまえの歳では、とても神経がもたなかったろう。あんな馬鹿でかい男たちをうまく操るには、まだ若すぎるんだ」

「どうすればよかったんですか？　武器もなくて」

「わたしだって持っていないさ。でも、こうして駆けつけようとしている。一番大事な武器、何よりも勝る武器、それは冷静でいることだ。何があっても動じないこと。完璧な鎧《よろい》で身を固めるように落ち着き払っていれば、敵のほうが慌て出す……攻撃をしかけたいのだが、反撃が恐ろしい。攻撃する前から、反撃のほうが大きいような気がしてしまうんだ。どこから来るのだろう？ どんなふうにやるんだろうってね。とはいえ、正しい方法で精神を鍛えあげるには何十年もかかる。そこがフランスの教育の愚かなところさ。鋼《はがね》のように冷徹で、斧のように切れ味のいい強靭な精神の持ち主を作らねばならないのに、感受性ばかりを養っているのだから」

二人はレンガ工場跡に着いた。

「しっかりついてこいよ。だが、できるだけ姿を見られないようにしろ。さもないと、やつらはおまえを狙ってくる。テニスのダブルス戦で、敵の弱いほうばかりにボールが打ち込まれるみたいに」

サヴリーは大きな石をひとつ拾うと、ドアを三回ノックした。

「法の名において命じる。ここをあけろ」

室内から聞こえるざわめきがぴたりとやんだ。静まりかえったなかに、ラ・クロッシュ親爺のささやき声がした。

「どうしたんですかい？」

「警察だ。ここをあけろ」

サヴリーはノブをまわした。鍵はかかっていない。差し錠もはずれたままだ。彼はなかに飛び込み、大声でこう言った。

「わたしだ、ココリコ大尉だ」

「警官は？」

「わたしひとりでたくさんさ」

「撃て、撃つんだ」締めつけられたような声が大慌てで言った。

アンドレ・ド・サヴリーはひとっ飛びに内階段を駆けのぼると、《人殺し三人組》に指をつきつけた。

「おい、おまえら、じっとしてろ。動いたら痛い目を見るぞ」

かしゃっと拳銃の撃鉄をあげる音がした。大尉はドゥーブル＝チュルクに飛びかかった。巨漢は苦痛に身もだえし、ひざまずいて許しを乞うた。右の手首がぼろきれみたいにだらんと垂れさがっている。

「畜生、ひでえことしやがる」とドゥーブル＝チュルクは口ごもりながら言った。「鉄棒の先で突き刺しやがった」

「鉄棒じゃないさ。針だよ。鉄の腕輪を知らないのか？　まったく、何にも知らないんだな。それじゃあ、メリケン・サックは？　二発お見舞いしてやろうか。仲間の鼻面《はなづら》に、パンパンとな。ほら、椅子のうえにひっくり返った。さあ、撃てるものなら撃ってみろ、弱虫どもめ」とサヴリーはあざ笑いながら言うと、落ち着き払って階段を降りた。

結局誰も撃たなかった。下で待ち構えていたラ・クロッシュ親爺は、拳銃を構えて前に立ちはだかった。けれども大尉は手首をひと蹴りして、銃を撥ね飛ばした。

ラ・クロッシュは大尉の腕を締めあげたが、すぐにあっさり打ち負かされてしまった。

「いいかげんにしてくれ。このわしを、さんざん苦しめやがって……」

「わたしが？」

「そうとも！　七人の子供のうち、二人はきさまの子に違いない。ジョゼファンとマリ＝テレーズだ。わしが知らないとでも思っていたのか？」

「そうかもしれないが、確かではない。それに、まだ五人残っているじゃないか」

「わしが愛しているのは、あの二人だけだ。愛しているのに、我慢がならないんだ」

「いくら欲しい？」

「売る気はないね。二人の養育費を払ってもらおう」

「悪賢いやつだ。養育費と殴る権利と両方ってわけか？」

「そうとも」

サヴリーはふたりの子供をふり返った。

「ジョゼファン、マリ＝テレーズ。荷物をまとめてついてこい」

「本当ですか？　ぼくたち二人を引き取ってくれると？」

「ああ、そうとも。おまえたちをこんな獣《けだもの》のところに置いておけるか」

二人は歓喜の叫びをあげて飛びあがった。

「よし、ラ・クロッシュ。この子たちはわたしが養子にもらうことにする。その代わり、毎月五百フラン払おうじゃないか」

「五百フラン？　まあ、いいだろう。でも……胸が痛むな。わしもこいつらが好きなんだ」

「金をもらえばすぐに忘れる。そうだろ、酔っ払いめが？」

子供たちは荷物を持って、早くも走り始めている。

「キスもしてくれないのか？」とラ・クロッシュは言って、泣きまねをした。

「するわよ、心からのキスを」

マリ＝テレーズはまずサヴリーの首にかじりついた。

「それじゃあ、大尉さんが本当のパパだったのね？　だからこんなに好きなんだわ。ねえ、パパは大尉さんだって言ってもいいの？」

「いや、だめだ。確かかどうかわからないし、ラ・クロッシュがもの笑いになる。わたしのメイド、タイピストだということにしておけ」

「そんなの勤まらないわ」

「習えばいい。これからは働いて生きていくんだ……」

外に出ると、サヴリーはこう告げた。

「ジョゼファン、おまえはわたしとハンモックに寝ればいい。マリ＝テレーズ、おまえのため、防塁に一階ふやしてあげよう」

「よかった。ラ・クロッシュに捕まらずにすむわ」

「やつがまだ恐いのか？」

「いつも叩かれてたもの。わたしがキスされるのを嫌がるから」

「かわいそうに……ともかく今夜は三人とも、ティユール城に泊ろう。コラ・ド・レルヌとオックスフォード公が婚約したお祝い会に、招待されているんだ。わたしとジョゼファンは納屋で、干し草の束のうえに寝ればいい。マリ＝テレーズにはちゃんとしたベッドがある」

「婚約ですって」とジョゼファンは不満そうに言った。「それでいいんですか、大尉は？」

「わたしがそうさせたんだ。さあ、戻ってわたしの服を取ってきてくれ。白いチョッキ、白いネクタイ、エナメルの靴を。すべてトランクのなかに入っているから」

二人の子供は子犬のように、声高におしゃべりしながらサヴリーのまわりを跳ねまわった。サヴリーはときおり立ち止まっては、彼らを落ち着かせたりたしなめたりした。

「二人とも、いいか、油断するなよ。思うに、攻撃はまだ終わっていない。不測の事態に備えるんだ。わたしは出たとこ勝負でやっていく。おまえたちのような強力な助手がいるのだから、心強いかぎりだ」

ティユール城はルイ＝フィリップ時代の細長い建物だった。大小いくつもの部屋からなり、小塔やテラス、付属棟が張り出している。端から端まで鮮やかな白い漆喰が塗られ、統一感を醸していた。独立した翼はオックスフォード公、その従者、秘書のトニー・カーベットの居室に使われていた。それに続く主棟には広間と食堂、そのうえにヘアフォール伯爵とコラの寝室がある。一番端には客室があって、執事がそこに大尉を案内した。一階は調理場と従業員室になっている。付属棟が並ぶ先には、崩れかけた鳩小屋のついた大きな主塔がそびえていた。

招待客たちのグループが、次々に広間へやって来た。パリや近隣の城から駆けつけたヘアフォールの友人たちだ。ヘアフォール伯爵は、コラがオックスフォード公と正式に婚約するのを早く目にしたくて、さっそく今夜、客を招待したのだった。

アンドレ・ド・サヴリーのいかにも大人物らしい粋で磊落《らいらく》な様子は、たちまち衆目を集めた。食事の席でも才気煥発で雄弁で、陽気に皆を笑わせたり、芸術について蘊蓄を傾けたりと、まわりの客たちに愛嬌をふりまいた。とりわけコラに気に入られようとして。わたしのために一生懸命なんだわ、と彼女は思った。

秘書のカーベットはひと言も口をきかなかった。コラはカーベットとオックスフォード公のあいだにすわっていたけれど、目と耳は大尉のほうにしかむいていなかった。

「気をつけてください」とジョゼファンは、サヴリーと玄関ホールで会ったときにささやいた。「敵は城のなかに三、四十人います」

「なに、それしき。おまえにまかせたぞ……」

「ご安心ください」と少年は、自信たっぷりに答えた。「抜かりはありません」

「マリ＝テレーズは？」

「ええ、あの子も。二人とも準備は整っています」

「それなら安心だ」

サヴリーとカーベットは喫煙室でも近くにいながら、言葉はまったく交わさなかった。招待客たちが引きあげ、コラとヘアフォール伯爵が寝室のある主棟に続く長い廊下に消えると、サヴリーは部屋に入ろうとした。そのときトニー・カーベットがサヴリーとドアのあいだに身を滑り込ませた。

「大事な話があるんだがね。大尉」

「われわれのあいだにあるのは、大事な話ばかりさ」とサヴリーは答えた。

「それはまたどうして？」

「もちろん、同じ女を愛しているからだ」

「それはあんたにはっきり思い知らされたよ、大尉……ずいぶんと荒っぽいやり方でね」

「荒っぽいやり方をさせたのは、どこのどいつだ？」

「幸いもう一人コラを好きなやつがいて、漁夫の利をかっさらわれたが。おかげでこの件について、われわれの利害対立はなくなった」

「わたしは彼女が無事に結婚できるよう、心から力を貸すつもりだ」と大尉は言った。

「おれだって十年前から、二人の結婚を準備してきたさ」

「それなのに私利私欲の追求は、あきらめるつもりはないと？」

「オックスフォードはおれに借りがあるからな」

「おまえのほうは彼に、何の恩義もないのか？」

「ないね。おれは誰にも借りは作らない主義だ」

「わたしにもか？」

「あんたに？　いつかナイフでひと突き、お返ししたいがね。でもそうなったら、後悔するだろう。おれたちはこれで、けっこう気が合いそうだからな」

「そうは思えないが」

「おれに対して、先入観があるんじゃないか？」

「いいや、あるのは嫌悪感だ」

「だったらいわれなき嫌悪感だな。あんたにも最後にはわかるさ……」

「どうして？」

「まあ聞け」

カーベットは葉巻に火をつけた。サヴリーからドアまでの距離は三、四メートル。廊下に隔離されたかっこうだ。サヴリーはじっとカーベットを観察した。実に興味深い顔をしている。粗暴そうに見えるのは、臆病な性格を隠すためにわざと荒っぽくふるまっているからだろう。案外やつは腰抜けだ。サヴリーは何度となくそう感じることがあった。鋼色の目。上唇はほとんどいつもめくれあがっていて、白い残忍そうな犬歯が覗いている。それは傲慢さのあらわれに違いない。のちになってアンドレ・ド・サヴリーは知ることになる。カーベットは馬丁と街娼のあいだに生まれた、卑しい素性の男だった。そんな出自だからして、上流人士のあいだでアウトローとして悪事を追いかけまわすのは、さぞかし居心地が悪かったろう。

「まあ聞け」とカーベットは繰り返した。「おれはいわゆる独立独行の男ってやつでね。自分ひとりの力でここまでのしあがってきたんだ。知識、教養、社会的地位、社交界での立場、腕力、抜け目のなさ、健康。すべて自力で培ってきた。そしておれは今から二十年前、ろくな紹介状も推薦もなしに、エドモンド公の家庭教師、ボクシングや乗馬のコーチ、旅行のお供係に選ばれるという光栄に浴したのさ。あいつは家族からも味噌っかす扱いされている腑《ふぬ》抜けだった。それをこのおれが、今のあいつに仕上げたんだ。健全で教養ある、スポーツ好きの紳士にな。あいつは社交界での地位を固め、これからはおれが用意した地位にむかうだろう。あいつには、ひとつ野望を吹き込んである。おれの野望をな」

「おまえの望みとは？」

「あいつが王になって、自らの名で統治することだ」

「そのチャンスはほとんどない。現王の弟が元気でいるのだから」

「王国はイギリスだけじゃないさ。金で買える国、手に入れられる国を十は知っている。おれは陰謀の才に長《た》け、良心なんぞはこれっぽかしも持ち合わせていないんだ」

「それはすばらしいな。良心の欠如は一番の資質だ。行く手を阻む障害があれば、取り除くというわけか」

「四つの障害に直面したが、そのうち三つは片づけた」

「四つ目は？」

「あんたさ」

「お気の毒さまだな。苦労するぞ」

「わかってるとも。おれはシャーロック・ホームズと組んだこともある。ホームズがこう言っていたよ。《アルセーヌ・ルパンとやり合う羽目になったら、勝負はあきらめろ。初めから負けは決まっているってな」

サヴリーは一礼をした。

「それはまた光栄なことで。だったら？」

「あんたを買収する」

「嫌な言葉だな。それに馬鹿な計画だ。わたしはおまえより金持ちなんだぞ」

「おれよりは金持ちかもしれないが、イギリスにはかなわない」

「じゃあおまえは、イギリスを代表しているっていうのか？」

「まあ、そんなところだ……」

「わたしにどうして欲しいんだ？　この一件に、イギリスがどう関わってくるんだ？」

カーベットは困ったように黙り込んだ。それから、へりくだった口調で言った。

「われわれはあんたの協力が欲しい」

「何に対して？」

「いや、そこが込み入っていて……」

「どういうことだ？　はっきり言え。謎めかされるのは好きじゃない……」

「つまりだな、もちろんおれは祖国の意向や利害に関心があるが……おれにはおれの計画もあって、その二つは必ずしも一致するわけじゃない。もしあんたがおれたちに協力してくれれば、いや少なくとも敵にはまわらないと約束してくれれば、とてもありがたいんだがな」

大尉は肩をそびやかした。

「何のことやらさっぱりじゃないか……」と彼はからかうように言った。「わたしが怪しげな陰謀に加担すると思っているのか？　おまえはその概要すら話そうとしないのに……」

「いや……これでも秘密を明かしすぎたくらいさ。あんたが計画に加わるのを拒否したら、生かしてはおけないほどにな」

「断わる。こそこそしたことは嫌いでね。それにおまえのようなやつの話は、ろくでもないに決まってる」

カーベットが拳銃を出すのを見て、サヴリーは大笑いした。

「シャーロック・ホームズから聞いてなかったのか？　危険な話し合いに臨むとき、わたしは前もって必ず敵の銃から弾を抜いておくって」

「おれは部屋にひとりでいた。それに弾を込めたのは、ほんの五分前なんだぞ」

「偽の弾さ。火薬は入っていない」

カーベットは怒り狂った。

「だったら確かめてみようじゃないか。撃つぞ」

「それで気がすむなら、ご自由に」

「ものども、かかれ」とカーベットは言って、廊下に集まった手下に手で合図した。

二十本の腕が銃を構え、カチッと二十の引き金が引かれた。しかし銃声もしなければ、弾が飛ぶ音も聞こえない。

「言っておくがこれくらい、命令するまでもないんだ。年若い友人のひとりが目を配り、念のためにおまえたちの銃を空《から》にしておいたのさ。わたしのやり方に従ってね」

「でも完璧とは言えなかったな」

カーベットの手下たちは手にナイフを持って、大尉のまわりににじり寄った。

「いやはや、ナイフなんてブローニングの前では何の役にも立たないぞ」とサヴリーは笑いながら言った。

「銃など持っていないくせに。あんたのポケットは一時間前に空《から》にしておいた」

「でもわたしの秘書が用心のために、一挺用意しているはずだ」

まさにそのとき、廊下の古い天井の梁から、銃の安全装置をはずす音が聞こえた。そして紐の先にくくりつけたブローニングが、大尉の目の前に降りてきた。大尉はそれをすばやくつかむと、攻撃者たちにむけた。

銃声が響き、敵の一人が倒れる。残りはいっせいに逃げ出した。それでも何人かが戻ってきたとき、サヴリーはドアをあけようと背を向けていた。

カーベットはあざ笑った。

「鍵がかかっているのさ。さすがにそこまでは、お見通しじゃなかったかい?」

「わたしの代わりに、見通していた者がいるさ。それを待っているんだ」

鍵をかちゃかちゃまわす音がし、掛け金がはずれてドアがあいた。

「マリ＝テレーズ」とサヴリーは叫んだ。少女のほっそりとした青白い顔が、喜びに輝く。

二人はすぐにまたドアに鍵をかけた。すぐにドンドンとドアを激しく叩く音がした。

「十分もしたらドアを破られるな」とサヴリーは言った。

「でも、とっくに遠くまで行ってるわ。窓から逃げれば……」

「いや、窓には鉄格子がはまっている」

「それじゃあ?」

「ここからだ」と彼は言って、タペストリーの裏の隠し扉をあけた。扉のむこうには、階段が続いている。

アンドレ・ド・サヴリーは階段を降りながら、マリ＝テレーズにやさしくキスをした。

「おまえは命の恩人だな。おまえもジョゼファンも、どうやったんだ?」

「ラ・クロッシュ親爺が六度目に結婚した相手を知ってますよね。《なめくじ《ラ・リマス》》って呼ばれていた、下品で俗っぽい女。二年前に姿を消してしまったけれど。もちろんラ・クロッシュから、いつも殴られていました。びっくりしたことに、彼女はここで料理人の手伝いをしていたんです。わたしとは、けっこう仲がよくて。いろいろ助けてやり、こっそり食べ物もあげていましたから。さもなければ、きっと飢え死にしていたわ。大尉さんのことも知ってましたよ。よくレンガ工場に来ていたころ、顔を見ていましたから。そのラ・リマスがわたしに階段を、ジョゼファンには天井の揚げ戸を教えてくれたんです」

「それだけじゃありません」とジョゼファンも言った。「彼女はトニー・カーベットの部屋に連れていってくれました。《頭髪狩り》班といっしょに」


翌朝、朝食を知らせる鐘が鳴ると、サヴリーは食堂に行った。十分後、トニー・カーベットも入ってきた。彼は皆の爆笑で迎えられた。頭はつるつるで、ひげも眉毛も睫毛もなくなっていたからだ。カーベットは怒りで泣かんばかりだった。サヴリーにむかって拳を突き出し、うなるように言った。

「この借りは、きさまの命で払ってもらうからな」

「いったいどうしたんだ、カーベット？」とオックスフォード公がたずねた。「誰にそんな頭にされたんだ？　似合わないぞ」

昨晩のパーティーに招待され、そのまま泊っていったフルヴィエ予審判事が、小声でヘアフォール伯爵に説明した。

「大尉の友人たちのしわざに違いありませんな。彼から聞いたところでは、ご婦人、特にうら若き女性の名誉を汚した不届き者の頭を刈るよう、生徒たちに任じているそうですから。カーベット氏はこうした類の悪行のため、懲らしめられたんですね。きっと……」

それはオックスフォード公の耳にも入った。

「言いがかりです」とカーベットは言った。

するとサヴリーが口をはさんだ。

「嘘をつくのはやめなさい。わたしはこの目で見ていますよ。昨日、あなたはレルヌ嬢をかどわかし、館に連れ込んで乱暴しようとしたじゃないですか」

「わたしの婚約者を!」とオックスフォード公は叫んだ。

「ええ、殿下、あなたの婚約者です。彼女の前で、わたしははっきりとこの卑劣漢を訴えたいと思います」

「まさか、信じられん」とオックスフォード公は言い返した。「おいカーベット、何か言い返したらどうだ」

「サヴリーの訴えなど、言い返すには値しません」

オックスフォード公がカーベットに飛びかかろうとしたとき、コラがあいだに割って入った。

「殿下、トニー・カーベットがわたしにしたことを裁き、訴え出るか無視するかを決める権利があるのはわたしだけです。この一件を、あまり大袈裟《おおげさ》に取りあげないようお願いします」

オックスフォード公はしばらく迷っていたが、結局こう言った。

「きみの申し出を尊重しよう、コラ。カーベットは忠実な友だ。その彼が裏切ったとしたら、驚きに堪えんからな。この話はこれまでだ」

「ええ、殿下。もうこれまでにしましょう」とサヴリーは一礼して言った。「この問題はいずれ、トニー・カーベットとわたしのあいだで決着をつけます」

「わたしのためにもな」とオックスフォード公はきっぱりと言った。「カーベットはわたしの友人だから」

ヘアフォール伯爵はコラのそばに来ると、小声でたずねた。

「訴えは事実なのですね？」

「ええ。でもわたしが受けた無礼を、公にしたくはありません。というのもカーベットは、あなたが迎えたお客様ですから。でも彼の仕返しを逃れるため、何週間かこの城を離れているほうがいいわね」

「オックスフォード公がどう思われるか？」

「彼も賛成するでしょう。女の友達と車で遠出すると言うつもりです」

「やはりオックスフォード公と結婚するつもりですか？」

コラはアンドレ・ド・サヴリーのほうを、挑むような目で見た。

「もちろんです」と彼女は答えた。「だって大尉さんがそう望むのですから。トニー・カーベットとは関わりなく、わたしはオックスフォード公と結婚します」

アンドレ・ド・サヴリーはこの挑発に、何も言い返そうとはしなかった。ただ重々しげな顔で考え込んでいたが、やがて小さな声でこう言った。

「それがいいでしょう、コラ。ここは発《た》ったほうが無難です。戦いはまだ終わっていませんから。パリまで車でお送りします。その途中、これからどうしたらいいか、話し合いましょう」

# 10　ルパンの財産

コラ・ド・レルヌとアンドレ・ド・サヴリーは、ティユール城で昼食をとることにした。食事は無事に終わった。トニー・カーベットもその場にいたが、じっと黙ったままだった。

そのあとコラは出発の細かな手筈を整えた。彼女がサヴリーといっしょにパリへ行くのに、ヘアフォール伯爵は自分の車を一台、運転手を一人、自由に使わせてくれた。コラは荷物をまとめ、オックスフォード公に暇《いとま》を告げた。オックスフォード公は婚約者が期間も決めずに気ままな旅に出るのを、礼儀正しく受け入れたのだった。

そのあいだにサヴリーは、城の近くで待っていたジョゼファンとマリ＝テレーズのところへ行った。

「おまえたちに大事な任務を与えよう。トニー・カーベットの行動、振る舞いをこと細かに見張っていろ。外出したらあとをつけ、誰か知らない人間と会ったら、ひとりはその新たな人物を尾行し、もうひとりはそのままカーベットについていくこと。わかったな」

「はい、大尉。どこへご報告に行けばいいですか？」

「何かわかりしだい、すぐにパリのこの住所へ来い。何時でもかまわん。二人いっしょだろうが、一人ずつだろうが」

サヴリーは用意してあったメモ書きを二人に渡し、こう続けた。

「この場所でおまえたちを待っているぞ」

ジョゼファンとマリ＝テレーズは二人で打ち合わせをしながら、すばやく去っていった。

サヴリーとコラは午後四時ごろティユール城を発《た》つと、パリへとむかい始めた。

「いっしょに防塁へ行く約束を忘れないでくださいよ」とサヴリーは言った。「五時に待ち合わせをしています。あなたもきっと関心があるでしょう。相手は高名な科学者のアレクサンドル・ピエールです」

「忘れてはいません。運転手に必要な指示を出してください」

車は進路を変え、防塁のほど近くで止まった。二人は歩いて防塁まで行くと、なかに入った。そこからトンネルが、まっすぐに三百メートルほど続いている。上部の穴から射し込む日の光で、なかは明るかった。最初に着いたのは、真ん中に一本支柱が立っている大聖堂《カテドラル》に似た部屋で、そこにほかの小道が通じていた。

「あなたの財産はここに隠してあるのですか？」とコラはあたりを気にするような口調でたずねた。

「合法的に手に入れた金粉が少しだけです。大したものではありません。残りは色々な場所にあります。エトルタの針岩やバール・イ・ヴァの川、コー地方の修道院とかに（それぞれ『奇岩城』、『バール・イ・ヴァ荘』、『カリオストロ伯爵夫人』を参照）。分散こそが防御なのです。銀行なんて、欲ばりどもが簡単に近づけますからね。わたしは金や宝石のほうが好みです。それにしても、財産のことがそんなに気になりますか？」

「ええ、ものすごい数字なのでびっくりしました……それならあなたは好きな女性がいたとしても、充分な持参金があるかどうかなど、ほとんど気に留めないでしょう。あなたは結婚そのものよりも、持参金の有無が大事だなんて思いませんよね？　でもオックスフォード公は政治的な理由という口実で、けちけちと持参金を気にするんです」

「わたしのような男には、結婚など問題外ですよ」とサヴリーは冷たくさえぎった。「重い運命を背負った身ですから、一人で生きていかねばならないのです」

コラは彼をちらりと見やったが、何も言い返さなかった。

複雑に交差した地下道の一本を出てうえにあがったところに、アレクサンドル・ピエールが待っていた。山羊ひげを生やした、背の高い男だ。サヴリーは手短に紹介をすませた。彼はこの科学者と、イギリスの王宮で知り合った。そのときアレクサンドル・ピエールは、深海を流れる海流の熱を利用する科学的なプロジェクト実現のために、アメリカにむかうところだった。

「それでピエールさん、成功されたのですか？」

「いいや、事業は失敗でした。個人的な財産が千五百万ほどあったのですが、初期費用にすべて費やしたところで、アメリカを発つことになりました」

「アメリカは資本家の国なのに、科学に力を貸そうという者、思いきってあなたに出資する者は、見つからなかったのですか?」

「ええ、ひとりも」

「それはひどい。お金なんてどうでもいいことだ。学者はそんな問題に、頭を悩ませるべきではないのに」

「どうでもいいと言っても……なくてはならない」

「だったらこのわたしが、必要な金額を提供しましょう」とサヴリーは言った。

アレクサンドル・ピエールは腕をあげ、声に出して笑った。

「いくらなんでも足りませんよ」

「百五十億では?」と大尉は平然と申し出た。

「ご冗談でしょう?」

「本気ですとも。あなたに進呈します。冗談ではない証拠に、ここで小切手にサインしたいところですが、それでは充分でないでしょう。銀行には大して預金がありませんから。でも、すぐにほかの財産を現金化します。二週間後には、最初の十億を現金でお渡ししましょう。残りは二週間ごとに。宝石を売ったり、金塊を取り寄せたりしなければならないので……」

「いや、夢のようです」と科学者は有頂天になって言った。「あまりのことに、いくら感謝してもしきれません」

コラは黙ってこの様子を見ていた。アレクサンドル・ピエールが立ち去ると、彼女は感動してサヴリーのそばへ行き、小さな声でこう言った。

「よくわかりましたわ。わたしからもお礼を言います」

# 11 尾　行

ジョゼファンとマリ＝テレーズはサヴリー大尉からトニー・カーベットの尾行を命じられたあと二人きりになると、任務遂行のための方法を検討した。

大尉からミッションを授かるのは、彼らにとって名誉なことだった。だから二人はその名誉に値すべく、綿密な行動計画を立て、果敢に実行する決意をしたのだった。それにティユール城で、あんな大変な出来事があったばかりなのだ。今回はアンドレ・ド・サヴリーの生死がかかっている重大事だと、彼らにもよくわかっていた。

そこで二人はこれから直面するかもしれない様々な状況を予想して、どうすべきかを詳細に定めた。思いがけない事態を前にして慌てたくない。

《チームで活動するときに注意しなければならないのは、混乱をきたして間違った戦術をとってしまうことだ》と大尉からも教わっていたではないか。《おのおのに正確な指令と集合場所を伝えておくことが必要だ》と。

さっそく集合場所を決めねばならない。そこでジョゼファンは手帳のページにパリの住所を書き写し、妹に渡した。二人とも、今夜そこへ行くことにしよう。

「何時でもいいからな」とジョゼファンはつけ加えた。「二人いっしょでも、一人ずつでも、何かわかりしだい、すぐさまこの住所に行くんだ。きっと大尉さんが住んでいるパリの家なんだろう。ともかく今日はここにいるはずだ。ぼくたち二人を待っていると、大尉さんに言われたことを忘れるなよ。たとえ不測の事態があって、別々になってしまっても、ぼくを待って時間を無駄にするな。自分で手段を講じて、迷わず出発するんだ。パリまでの行き方はわかっているし、指示された住所は簡単にみつかる。おまえはなかなか目端《めはし》が利くほうだし。ティユール城の調理場にある大きな地図で、一応確かめておこう。お金は持っているな？　そこは重要だぞ。ひとりで行くには、お金が必要になる」

「貯金箱を空《から》にしてきたのよ。五十フラン以上あるわ」とマリ＝テレーズは自慢げに答えた。

「よし。ぼくも大丈夫だ」とジョゼファンは財布の中身を数えてから言った。「拳銃も用意したし……前にあげた拳銃は持っているな？　何があるかわからないぞ……」

「ええ、上着のポケットにちゃんと入れておいたから」

「それじゃあ、これで備えは完璧だ」

二人は城に着くと、臆せずなかに入った。サヴリー大尉に連れてこられたことがあり、門番とも顔見知りだった。

「まずは地図だ」とジョゼファンはもったいぶって言った。

二人は配膳室に入ると、壁に張ってある大きな色つきの地図を丹念に調べた。ルートを定めるのはひと苦労だった。

この時間、召使いたちは紅茶を出すのに忙しくて、誰も二人のことなど気にしていなかった。けれども、執事が行ったり来たりするのをうかがっていたマリ＝テレーズは、いかにも好奇心一杯の女の子らしい、なにげない口調でたずねた。

「食堂にはたくさん人がいるの？」

「いいや、昨日ほどじゃないさ。伯爵と間抜け面のオックスフォード公、それに嫌ったらしいカーベットと……」

「ああ、カーベットさんも？　あんなつるつる頭じゃ、もちろん出かけられないものね。おかしすぎるわ」

「いや、出かけるとも。あいつは何にも恐いものなしさ。これからちょっとひとまわり、散歩に行くと言っていた。そのついでに、おれのことを突き飛ばしやがってね。こっちがあんまり早く歩けないからって。まったくいけ好かないやつさ……」

これこそマリ＝テレーズが知りたかったことだった。そうとわかれば、部屋にいるカーベットを見張るために曲芸の真似事をしなくともいい。彼女は執事のおしゃべりをふり切り（執事はコケコッコー大尉と《豪勢な雌鶏ちゃん》と呼ぶ二人が出かけた話をし始めたところだった）、外にいる兄のもとへと急いだ。そして集めてきたばかりの情報を伝えた。

「でかしたぞ」とジョゼファンは言った。「大したもんだ。これでずいぶんとやりやすくなった。カーベットが出かけるのを、道で待ち伏せていればいいのだから。あとは少し離れてつけていくだけだ。やつが誰かと会ったら、状況次第でうまくやろう。大尉さんの指示を覚えているな。その場合は二手に分かれ、ひとりは新たな相手、ひとりはそのままカーベットについていく。決して混乱をきたさないこと。ぼくが第二の人物を担当するから、おまえはカーベットの尾行を続けろ。わかったな？　集合場所はパリ、さっきの住所だ」

「了解よ」

トニー・カーベットが出てくると、二人は気づかれることもなく、楽々と同じ道を進んで行った。カーベットは何か考えごとをしているらしく、早足でうつむき加減に歩いていた。

「間違いない。ゾーヌ・バーへむかってるぞ」とジョゼファンは、しばらくするとささやいた。「急いで、しっかり見とどけよう。誰かと会って話をするつもりなんだ」

はたして二人は、よく見知ったカフェの前についた。カーベットはなかに入ったところだ。ジョゼファンはすばやく店内にもぐり込み、カーベットがカウンターへむかうのを確かめると、迷わずすぐうしろの、店主のわきに腰かけた。カーベットは、酒瓶やグラスがつまったぴかぴか光る大きな棚の前に肘をついた。

「やあ」

「いらっしゃいませ、カーベットさん。わたしに何か？」

「ああ、ドゥーブル＝チュルクと二人の仲間を捜してきて欲しいんだ。やつらの手を借りたい」

「おやすいご用です。すぐに誰かを使いにやりましょう」

店主はジョゼファンのほうをふり返った。ジョゼファンはわきで黙って聞いていたが、自分も何か言いたそうなそぶりをした。

「おい、おまえ。ラ・クロッシュのところの坊主じゃないか。《人殺し三人組》がどこにいるか知ってるな？」

「知ってますよ」

「ここに来るよう、あいつらに伝えてくれ。急いでな」

さっそくジョゼファンが出かけようとしたとき、カーベットが呼び止めた。

「ちょっと待て……いや……三人全員じゃ、かえって面倒だ……リーダーはフィナールだったな？」

「ええ」と店主が答えた。「あいつが一番抜け目がないんです」

「それならフィナールひとりでいい」

「じゃあ行ってきます」

そう言ってジョゼファンは飛び出していった。

「あのガキで大丈夫か？」とカーベットがたずねる。

「もちろんです。あいつはラ・クロッシュの息子でして。ご存知のとおり、父親は屑屋をしているしみったれの酔っ払いですが」

「なるほど……まあ、いいだろう……ところで親爺、奥の静かな席を用意しておけ。六時に待ち合わせをしている。フィナールが帰ったら、待ち合わせの相手を案内するんだ。なるべく邪魔が入らないほうがいい。隣にもっと落ち着いた部屋はないのか？」

「すみませんね、今日はふさがっているんです。ビリヤードの試合があるもので……」

「しかたない。それならあそこでいい」

店主はカーベットを席に案内し、カウンターに戻った。

そのあいだにもマリ＝テレーズは、好奇心旺盛な猫のように店内を歩きまわり、顔を合わせた友達と話しながら、入口のドアをうかがっていた。

やがて彼女も店主に近寄った。

「ねえ、今夜、父さんは来るかしら？」

「ああ、たぶんね。でもきみのほうがよく知っているはずでは？」

「ところが違うのよ。わたし今、外で働いているの。だから父さんに会えたら、嬉しいかなって」

「だったら待ってればいいさ。そのうちやって来るだろうよ。だってほら、いつだって喉を渇かせてるからな」

「ここにいていい？　ありがとう」

そのときジョゼファンが帰ってきた。すぐあとから、フィナールも入ってくる。

カーベットの前に案内されたフィナールは、かしこまって立ったまま、彼の帽子にむかって曖昧な身ぶりをした。

「まあ、すわれ。話がある」とカーベットは言った。

悪党は言われたとおり、相手の前に腰かけた。

ジョゼファンとマリ＝テレーズも、すぐわきの席についた。そこからなら話が丸聞こえだ。けれども二人は背を向けていたので、まったく気づかれていなかった。それにうぬぼれ屋のトニー・カーベットは、まわりのことなどおかまいなしだ。

「今夜、遅くなってだが」と彼は切り出した。「おまえとドゥーブル＝チュルク、プス＝カフェには手を空けておいて欲しいんだ……特にドゥーブル＝チュルクには。腕力ならあいつが一番だからな」

「みんな、ほかに用事はありません」と一味のリーダー役は簡潔に答えた。

「けっこう。そうしたら家に帰って、仲間に伝えろ。引き締まって筋骨たくましい男を縛るのに、しっかりしたロープをひと束用意しろとな。そいつが助けを呼ばないよう、猿ぐつわもだ」

「それくらい、いつでもそろってますよ」とフィナールは自慢げに答えた。「でも、何かやばいことでは？」

「いいや。ただそいつを縛って、見張っているだけだ。おれがよそで仕事をしているあいだ、うろちょろ動きまわって邪魔をしないようにな。仕事が終わったら迎えに行くから、普通にドアから帰っていい。無理やり押し入るわけじゃないさ」

「でも、捕まるのでは？」

「危険はない。もう一度言うが、きちんとドアから入るんだ。押し込み強盗みたいなまねはしなくていい……そこが重要なんだ。どういう意味かわかるな？　出て行くときも同じだ。面倒なことなど何もない。いちおう拳銃は持っていけ。念のためさ。ああ、それから、使用人の婆さんが一人いるから、そいつも縛って猿ぐつわを嚙ませろ」

「それで、いくらいただけるんで？」

「ひとり二千。それでどうだ？」

フィナールは首を横に振った。

「ちょっと少ないな。ひとり五千の仕事ですよ。いいですか、そのやり口じゃあ、安全とは言えない。あとに尾を引きそうだし」

「それじゃ合わせて一万五千になるぞ。ふざけるな。全部で一万出そう。どう分けるかはおまえたちに任せる。三人で好きなようにしろ」

「いいでしょう。それはこっちで話し合います……前払いしてもらえますか？」

「だめだ。わかってるだろ、おれはいつだってきちんと払っている。明日の朝には金を手にできるさ」

フイナールは頭を掻きながら考えていた。

「おい、これくらい、子供の使いみたいなものだぞ」とカーベットは痺《しび》れを切らせたように続けた。

「嫌だっていうなら、ほかに引き受けるやつはいくらでもいる。時間を無駄にできないんだ。さっさと決めろ」

「はいはい、やりますよ。場所はどこです？」

「車で連れて行く。零時十五分前に、ティユール城の大門前に集合だ。わかったらもう行け」

「それじゃあ、失礼します、カーベットのだんな」

フイナールは、いつものように青白い顔をして出ていった。

忌まわしい取引はもちろん声を潜めて行なわれたが、大事なところはしっかりジョゼファンとマリ＝テレーズの耳に入った。二人はレモネードを注文し、仲よく談笑しているふりをしながら、入口に注意を払っていた。もうすぐラ・クロッシュ親爺が来るだろう。

ほどなくラ・クロッシュが店に入ってきた。例によって、ほろ酔い気分の千鳥足だ。そのせいか、二人の姿を見ると感極まって涙を流し始めた。

「ああ、わが子たち！　ラ・クロッシュ父さんに会いに来てくれたのか。わしのことを忘れちゃいなかったんだ。やさしいんだな、おまえたちは」

「来るって約束したじゃないか」

「約束はしたが、あてにしていなかったんだ。本当に嬉しいよ。おい、なに気の抜けたものを飲んでるんだ？　もっと盛りあがるやつをいこう。ウェイター、カシス入りベルモット酒を三つ。甘口で、女むけの酒だ」

ジョゼファンは注文をとめた。

「いや、ぼくたちはこれでいい。父さんにキスをしに来ただけだから。急いでいるんだ。すぐに行かなくちゃ。帰ろうっていうのを、引き止めないでくれるよね？」

「もちろんだ。それじゃあ、わしにカシス入りベルモット酒を一杯。たっぷり注いでくれよ。腕白小僧《わんぱく》どもはあいかわらず、好き勝手にやっている。わしはあいつらに甘すぎるんだな。ちょっとでもおまえたちに会えて、本当に嬉しいよ。だから愚痴を言うのはよそう。おまえたちは、わしのお気に入りだった。いっしょに家にいたころが思い出されるな」

「ああ、殴られるためにいたようなものさ」

「おまえたちのためを思ってのことだったんだ。鉄は熱いうちに打てだ」

ウェイターがラ・クロッシュ親爺に給仕しているあいだに、背の高い金髪の上品な若者がやって来て、トニー・カーベットの席へ行った。ジョゼファンとマリ＝テレーズはすばやく目で合図し合うと、ラ・クロッシュと話を続けながら耳をそばだてた。

男は無頓着《むとんちゃく》そうな顔で、カーベットと握手をした。

「これはまた」と男は笑いながら言った。「どうしたんです？　眉毛まで剃ってしまって。そんなファッションを流行らせようっていうんですか？」

「くだらん悪ふざけだ。犯人にはたっぷり仕返しをしてやるとも。だがそんなことはどうでもいい。まずはポルトでも飲もう。この店には、なかなかうまいのがあるから。本題はそのあとだ」

ウェイターがやって来ると、カーベットは注文をした。

「ポルトを。おいしいやつをたのむぞ」

ポルトが注がれているあいだ、カーベットはどうでもいいような世間話をした。天気のこととか、相手の道中についてとか。

「もちろん、車で来たんだろ？」

「ええ、だってほら、連れもいますから」

「ああ、彼もいっしょに。それじゃあ、のちほどお目にかかろう」

ジョゼファンは肘で妹をつつき、ささやいた。

「ぼくがあいつをつける」

それから二人はラ・クロッシュ親爺のたわごとに相づちを打ちながら、またじっと会話に耳を傾けた。けれども残念なことに、カーベットたちはフランス語で話すのを止め、英語で何やら熱心に相談し始めた。おかげで二人には、さっぱり理解できなかった。ときおり外国語の発音のなかに混じる、オックスフォード、コラ・ド・レルヌ、サヴリー、ルパンといった固有名詞を除いては……とりわけ何度も出てくるのが、《ルパン》という言葉だった。

カーベットたちの身ぶりから、そろそろ帰ろうとしていることがわかると、ジョゼファンは困惑気味のラ・クロッシュ親爺にあわただしくキスをし、まだ何か話しかけているのもかまわず勘定をすませて外に出た。

「あいつめ、どういうつもりなんだ。おまえを見捨てて、いっちまったぞ」とラ・クロッシュはマリ＝テレーズをふり返り、怒ったように叫んだ。けれども彼女はもう聞いていなかった。さよならも言わずにドアへむかい、兄を追って店を出る。ジョゼファンはすでにずっと先まで行っていた。早足で遠ざかるトニー・カーベットともうひとりの男のあとに、ぴったりついていたからだ。妹がそばまで来ると、ジョゼファンは黙って合図をした。

二人のイギリス人は人気《ひとけ》のない小道で、右をむきそれから左をむいた。ジョゼファンとマリ＝テレーズも注意深くその小道に入った。こうして彼らはパリに通じる街道に着いた。そこには一台のスポーツカーが停まっていた。三人目の男が、車からおりてくる。やはり背が高く、均整の取れた敏捷そうな体つきをしているが、見たところ仲間の男よりも年上らしい。男はあとの二人の前へ行き、トニー・カーベットに親しげな挨拶をした。けれどもジョゼファンががっかりしたことには、彼がカーベットと交わした短い会話はやはり英語だった。ジョゼファンは妹を車のむこうへ引っぱっていった。そして玄人ぶって車の検分を始めた。

「ほら、すばらしい車だ」と彼はマリ＝テレーズに言った。「きっと外車だな。すごくしゃれているじゃないか。見てみろよ、この大きなトランク。役に立ちそうだぞ……」

ジョゼファンはすばやく錠をはずすと、トランクの蓋をあけた。

「いいぞ、なかは空っぽだ。あいつらがどこへ行くのかを調べる、もってこいのチャンスだ」

「まさか、ここに入る気？　どうかしてるわ。窒息死しちゃうわよ。気をつけて」

「馬鹿だな、心配いらないさ。平べったい大きな石を二枚はさんで、蓋を持ちあげておくから。さっそく石を見つけてこよう。むこうに石の山があった」

ジョゼファンはさっと遠ざかると、ほどなく必要な石を手に戻ってきた。三人のイギリス人も車の前までやって来た。背後でおずおずと無関心そうに見ている子供たちのことなど、気にも留めずに。

やがて二人の見知らぬ男はトニー・カーベットと握手をすると、車に乗った。ゾーヌ・バーへきた方の男がハンドルを握った。車が動き始めたとき、もう一人の男が身を乗り出し、道路の端に寄ったトニー・カーベットに今度はフランス語でこう呼びかけた。

「本のことは、ただちに取りかかれよ。とても重要なんだ。われわれはどうしてもあれを手に入れたい」

カーベットはわかったという身ぶりをして、反対方向をむいた。どうやらティユール城へ戻るつもりらしい。彼は車が見えなくなるのも待たずに、歩き始めた。

謎の男の言葉は、マリ＝テレーズの耳にも届いていた。彼女は見物人のようなふりをして、この出発の様子を眺めていた。

ジョゼファンはと言えば、鍛え抜かれた敏捷性を発揮して、ぎりぎりのところでトランクに飛び乗ると、なかで体を縮こまらせた。そして人形芝居みたいにひょいと顔を出し、妹に合図としかめ面を送った。そのあいだにも、車は全速力でパリへと遠ざかっていった。

## 12　話し合い

アレクサンドル・ピエールが帰ったあと、サヴリーことルパンとコラ・ド・レルヌは防塁をあとにして、車に戻った。

「それじゃあ、これからどこへ行くのかしら？　大尉さん」

「あなたの家にですよ、コラ。話し合わねばなりません。道々、わたしの心づもりを説明しましょう」

サヴリーは運転手に指示を出し、車が走り出すとコラの手をとった。

「ご気分は？」

「上々よ。あなたと二人っきりになれて嬉しいわ。邪魔者もなく、自由に」

「本当ですか？」

「どうしてお疑いになるの？　どうしてそんなに頑なに、オックスフォード公とつまらない結婚をさせようとするのかしら？　わたしはあなたが望むから、彼と婚約したのよ……決して愛することはできないだろうと、今日はっきりわかったのに……ほかに愛する人がいると、確信したから……」

サヴリーは身震いをし、感極まったように言った。

「そこまでにしてください。口にしないほうがいい言葉もある。わたしはあなたの幸せを願っているのです、コラ。この結婚によって、あなたが最高の運命を手にすることを、心から望んでいるのです」

「幸せは最高の運命にあるとお思いですか？　いいえ、アンドレ、わたしはこの数日、自分の気持ちを何度も確かめました。わたしの進むべき道は、はっきりしています。わたしにとって幸福とは愛です。愛を見つけること、いえ、愛を実現すること、それがわたしの願いです。愛する人との暮らしこそ、最高の運命なのです」

「でも、あなたの選択が間違っていたとしたら？　もしその男に、まっとうな暮らしを送る自由がなかったとしたら？」

「そのときは、わたしも彼の人生をともに生きます。だからってわたしの選択は変わらない、幸福が妨げられるわけではありません」

「いくら彼が誠実な人間でも、あなたの犠牲を受け入れることはできません。いったん社会からはみ出したら、はみ出し者でい続けねばならないのです。コラ、あなたは愛くるしい子供みたいな女《ひと》だ。それでも所詮は子供です。わたしの導きに従ってください。あなたのためだけを考えているのですから。よく知らないもの、理解できないものを買いかぶってはいけません。できないことを夢見るのはやめなければ」

大尉は立ちあがり、いつもの自制心で落ち着きと気力を取り戻した。そしてきっぱりと言った。

「この話は、もうやめにしましょう。いいですね？　話すだけ無駄です」

「いいわ。続きはまたあとにします」

「その必要はありません」

「違うわ。とても大事なことよ」

それには答えず、サヴリーはこう続けた。

「ともかく、もっと緊急の問題を話し合いましょう。忘れてはいけません。われわれは避けることのできない面倒な事態に、まだ関わらねばならないのです。敵はあきらめていない。やつらの裏をかいて、こちらがしっかりと作戦を練らなくては……」

コラがたずねる。

「敵から遠ざかるだけでは、身を守るのに充分ではないと？」

「ええ、まったく。それどころか、今夜すぐにでも新たな攻撃を仕掛けてくるでしょう。論理的に考えて、大いにありうることです」

恐ろしげな身ぶりをするコラを、サヴリーは笑いながらなだめた。

「何も心配はいりません。あなたに危害はおよびませんよ。あなたにはご自宅の屋敷ではなく、わたしの小屋に行ってもらいます。家政婦代わりもしてくれる年老いた乳母がいて、あなたをもっと安全な隠れ場所にお連れしますから。彼女がずっと見張っています。遅くとも明日の朝、わたしが行くまでね……わたしがパリに持っている、もうひとつの家なんです。そこで夕食を取り、ゆっくり休んでください。本やレコードやピアノもあります……」

「本当に驚くべき人ね、あなたは。どんなことにも備えていて、何でもできるお金があって！」

「常日頃から状況をじっくり見定め、あらゆる方向から検討しているということです。そのために、こんな備えもしてあったわけです。ああ、でもまだいくつか、わからない点がある。カーベットを使ってわたしに立ちむかってくる謎の力が何なのか、どうしても突きとめられない。そうした力が存在していることだけは、はっきり感じられるのに。カーベットはわたしを憎んでいる。それはやつがあなたに欲望を抱いているからです。そのせいで、解明すべき事態がさらにややこしくなっている。カーベットは雇い主に逆らってまで、自分の利益を求めようとしているから。しかしわたしは、やつにとっても邪魔者だ。やつの企みのなかには、わたしが障害となるものもあるのです。どんな企てかですって？　本来、わたしとカーベットとは、目的を同じくしています。オックスフォード公を助け、王座にのぼらせることです。やつはオックスフォード公の名をもって国を支配するため、わたしはあなたを王妃にするためですが」

「でも彼との結婚は断わると、あなたにはっきり言ったはずよ」

「それはまた、別の問題です……カーベットのことに戻りましょう。どうしてやつは、こんなにむきになってわたしと戦おうとするのでしょう？　やつを操っているのは、どんな組織なんだろう？　そして、やつに金を出しているのは……ええ、やつに金を出しているんです。わたしを買収しようとしましたからね。どうして？　誰のために？　そこで不確かな仮説のなかに、迷い込んでしまうのです……もしやと思うこともありますが、それはあまりに途方もない考えで……しかしやつは、ひとつ奇妙なことを言いました。わたしを買収するなんて不可能だ、わたしはやつより金持ちなのだと言うと、やつはこう叫んだのです。《でもイギリスにはかなわない》って……だったらやつを操っているのは、イギリスそのものなのだろうか？　いやむしろ、イギリス諜報部という目に見えない水蛇《ヒュドラ》かも？　それを確かめるには、まだ鎖の輪がひとつ欠けている。推測の域を出ないんです。でも、必ず突きとめてやる、欠けたつなぎ目を見つけてやります。しかるべき手順を追っていけば、どんなことでも最後には解決できるのです……手順を間違えず、運に恵まれれば。運はいつだって、いいほうですから……」

それからサヴリーは口調を変えた。

「でも、こんなとりとめのない話は退屈ですよね。ついあなたの前で、声高に一席打《ぶ》ってしまいました。わたしのようにいつも戦ってばかりいる、警戒心の強い人間には、これがまたえも言われぬ楽しみなんです」

「あなたの自信はすばらしいわ」とコラは小声で言った。「それはわたしにとっても誇りであり、喜びです」

車はしばらく前から、パリの雑踏を進んでいたが、やがてレルヌの屋敷前に着いた。運転手がクラクションを鳴らして合図すると、管理人が門を開け放して丸屋根の下に車を通した。砂利を敷いた広い中庭で見事なターンをすると、車は正面階段の前に止まった。

コラ・ド・レルヌは車をおり、サヴリーにたずねた。

「屋敷に入るの？　それともまっすぐあなたの家に行く？　わたしを乳母に預けるのでしょう？」

アンドレ・ド・サヴリーはにっこり笑った。

「いえ、ひとまず屋敷に入りましょう。今のところはまだ何の危険もありません。子供たちが調査の報告に来るのを、ここで待つことにします。二人を通すよう、守衛に言っておかなくては。追い返されたら、困ってしまうでしょうから」

サヴリーは守衛小屋へ行き、その帰りに運転手にも指示を与えた。運転手は、車の座席にじっとかしこまってすわっている。

「しばらくここで待っていろ。レルヌ嬢を送ってもらう。そのあと、車をしまいに戻って来い」

「ここにですか？」

「ああ、ここにだ。管理人が車庫に案内してくれる。それがすんだら、明日の朝まで自由にしていいぞ。明朝、迎えに来てくれ。そうだな……十一時くらいに……明日、屋敷前の通りで。今夜の夕食は、好きなところへ行け。守衛小屋で訊けば、教えてくれるだろう」

運転手はうなずいた。サヴリー大尉はコラのところに戻った。

コラは小さな居間にあるライティングデスクの前に腰かけていた。そしてサヴリーが近づくと、読んでいた手紙をさっと戻した。

「おじゃましたか？」と彼は少しむっとしたようにたずねた。

「いいえ、そんなことありません。父レルヌ大公の手紙をしまったんです。ずっと肌身離さず持ち歩いていたので」

「どうして悲しい思い出をよみがえらせるのです？」

「それは違うわ。もう悲しい思い出ではありません。不思議なものですよね。あんなにも苦しかった瞬間がいつしかぼんやりと薄れ、穏やかな気持ちに変わってくる。そしてあとから考えると、あの瞬間にも深い意味があったことがわかるのですから。結局この手紙、この遺書が、今のわたしを導いているんです。わたしが道を誤らないよう、決意が揺るがないよう、助言し支えてくれているんです」

サヴリーは一心に彼女を見つめた。帽子を脱いだブロンドの髪に、夕陽が戯れている。長い巻き毛が縁どる顔《かんばせ》は非の打ち所がなく、そこに緑色の目がきらきらと輝いた。

このデスクの前で、光を受けてたたずむ姿は、まさしくゲインズバラの肖像画から抜け出してきたかのようだ、とサヴリーは思った。ゲインズバラが描くドレスを、コラは好んで真似ていた。けれどもサヴリーは、心の内を口にしなかった。何の返事もせず、ただ窓際に歩みよって、待ち遠しげにカーテンをあけただけだった。

「報告を待っているのね？」とコラがたずねる。

「ええ、興味深い報告を。若い助手に調査を言いつけてあるのですが、なかなかやって来ません。何か面倒なことになっていなければいいのですが……ああ、ほら、来ました」とサヴリーは満足げな口調でつけ加え、部屋の真ん中に戻ってジョゼファンを迎えた。

入ってきたジョゼファンは、レルヌ嬢を見ておずおずとためらいがちにお辞儀をした。

「それで、首尾のほうは？」と大尉は彼に呼びかけた。「さあ、二人きりのつもりで遠慮なく話していいぞ。コラ、あなたもここにいてください。わたしだけでなく、あなたにも関係することですから」

コラはそっと席をはずそうとしていたが、またすわりなおした。ジョゼファンは午後の出来事を、順序だてて事細かに報告し始めた。カーベットがゾーヌ・バーへ出かけたこと、《人殺し三人組》のリーダーをむかえに行く役がうまく自分にまわるようしむけたこと、カーベットがフィナールに示した条件について。

「聞いたとおりをメモしてきました」とジョゼファンは重々しい口調で続けた。「ですから一語一句、そのままです。カーベットはこう言いました。《引き締まって筋骨たくましい男を縛るのに、しっかりしたロープをひと束用意しろ……そいつが助けを呼ばないよう、猿ぐつわもだ……ただそいつを縛って、見張っているだけだ。おれがよそで仕事をしているあいだ、うろちょろ動きまわって邪魔をしないように……無理やり押し入るわけじゃない……いちおう拳銃は持っていけ。念のためさ……》と」

ジョゼファンは読んでいたメモ書きからいったん目を離し、顔をあげてこうつけ加えた。

「そうそう、忘れちゃいけない。出発は午前零時十五分前です。カーベットが自分でティユール城の前から、三人を車に乗せていくそうです。これも役立つ情報ですよね」

それから彼は、またメモに戻った。

「カーベットは年老いた召使いのことも言ってました。《そいつも縛って猿ぐつわを嚙ませろ》って。これですべてです。あとは報酬の話になりました。カーベットは初め、ひとり二千でと持ちかけましたが、結局フィナールはしめて一万で手を打ちました。きっとあとの二人からピンはねするつもりでしょう」

「けっこう」と大尉は言った。「乳母が聞いたら怒るだろうがな。《縛って猿ぐつわを嚙ませる使用人の婆さん》っていうのは、きっと彼女のことだろうから」

サヴリーはコラを見つめた。

「彼女と……それにわたし。そう、引き締まって筋骨たくましい男とは、わたしのことだ。あなたはまだ信じられないような顔をしてますね。どうです、わたしが言ったとおりじゃないですか。今夜は警戒が必要なんです。お聞きのとおり、敵が出発するのは午前零時十五分前です。するとここに着くのは零時十五分だ」

「いっしょに逃げましょう。だって、そうするしかありません」

「いいや、逃げたって何にもなりませんよ。また翌日、やって来るだけですから……問題をもとから解決しなければ」

サヴリーは行ったり来たりを繰り返しながら、皮肉っぽく説明を続けた。

「《おれがよそで仕事をしているあいだ、うろちょろ動きまわって邪魔をしないように》だって。とんだ仕事があったものだ。もうおわかりですよね。あなた目当ての仕事に励もうっていうんです。だって三人組を雇ったのは、あいつなんですから。ええ、あいつはここに来るつもりなんです」

「何ておぞましい！」とコラは身震いしながら言った。

「ただしあなたは、そのころほかの場所に行ってますが。だから心配はいりません……」

「たとえここにいても、心配なんかじゃありません。あなたがいっしょにいて、わたしを見守ってくれれば、何の不安もないわ。あなたが必ず助けてくれると信じていますから。どんなに恐ろしい危険が迫っても、わたしは平気です。あなたはきっと救出に駆けつけてくるでしょう」

「それほどまでの信頼を？」

「もちろんです」

「コラ、あなたの言葉はわたしにとって、何よりもの喜びです」

「わたしはそう思っている、いえ、むしろそう感じているんです。理性も直感も、それがいいと言っている、あなたを信じているんです」

「どんな状況でも、あなたはわたしを信じている。でもさっきは、二人で逃げようなんて言ったのに……」

「あなたのことが心配だったからです」

「ああ、わたしにだって、恐れることなど何もありませんよ。自分の身は自分で守れますから。ともかく、わたしはこのままこの屋敷に留まらせていただきます。カーベット氏が入ってきたとき、出迎えるのはこのわたしというわけです。下心たっぷりの計画にこんな変更がなされていようとは、思ってもいないでしょう。何も痛めつけたりはしませんよ。でもあいつは意気消沈のあまり、もうあなたにかまわなくなります。その間、あなたはずっと離れた、安全な場所に隠れています。わたしの年老いた乳母に見守られて」

「危ないことはしないでね。お願いです。心配でたまらないから」

「危険も覚悟しなくては。敵と一戦交えるとき、わたしは決して逃げ出したりしません。今までずっとその方針で、大きな失敗もなくやってきました。予想のつく危険なら、前もってかわせます。カーベットも相手が悪かったと思い知るでしょう。だからご心配なく」

「でも、もしむこうが武器を持っていたら？」

「もちろん、持っているでしょうね。それはわたしも同じだ。いいですか、こっちがやつを待ち伏せしてやるんです。やつはわたしがいると思ってない。そこがわれわれの利点です。今夜は安心してお休みなさい。明日の朝、お迎えにあがります。ともかく、余計な心配はしないこと。そのほうが助かるんです。わたしのほうも気がかりがあると、力が鈍りますから。いいですね？」

「わかりました。心配はしません。約束します」

サヴリーは隅で待っていたジョゼファンをふり返った。

「こっちへ来て、隣にすわれ。話の続きを聞こう。まだあるんだろ？」

「ええ、大尉。でもそのあとが、よくわからなくて」

ジョゼファンは、《イギリス人》と呼ばれる見知らぬ男がやって来た話をし、男の外見を詳しく説明した。けれども外国語で話された会話は理解できなかったと、申しわけなさそうに続けた。大尉は身震いをした。彼はジョゼファンの話に注意深く耳を傾け、ときおり細かな点を確認していたが、車に乗っていた第二の男の存在を知るといきなり歓声をあげた。

「やったぞ、謎を解く鍵が見つかった」

そして、びっくりしているジョゼファンにこう言った。

「二人の《イギリス人》を尾行してきたら、わたしが教えた住所に着いたっていうわけだな？　驚いただろうな。でも、どうやって車のあとを追ったんだ？」

「車に乗ったんですよ、大尉。後部トランクのなかに。到着すると急いで飛び降り、建物のまわりをぐるりと歩いてみました。止まった場所から、住所表示板が見えなかったので。そうしたら、何とここが待ち合わせの場所ではないですか。いやあ、ご親切にもあのイギリス人は、知らずにぼくを連れてきてくれたんです」

大尉はジョゼファンを褒め称えた。

「うまいぞ。トランクとは名案だ。とっさの機転とすばらしい運動神経の賜物《たまもの》だな。それで、妹はどうした？」

「その場に残してきました。あいつもほどなくやって来ると思いますが」

そのとき来訪者を告げるベルが鳴り、大尉は耳をそばだてた。

「きっとおまえの妹だ」と彼は言った。

はたして、マリ＝テレーズがにこにこしながら入ってきた。サヴリーは急いでレルヌ嬢に紹介した。

「マリ＝テレーズ・ラ・クロッシュ、わたしの敏腕助手です。ジョゼファンの話を補ってくれるでしょう。さあ、話したまえ。ジョゼファンをトランクに乗せ、車が走り出したところまではすべて聞いている」

「何とまあ、走っている車にすばやく飛び乗ったんですよ」と少女は言った。

「おまえはどこに？」

「わたしですか？　わたしは街道に残りました。車が出るのを眺め、楽しんでいるようなふりをして。カーベットさんのそばにいました。すると背が高いほうのイギリス人が叫びました。さいわい、フランス語を……」

「フランス語で、だろ。間違いだって説明したじゃないか」

「ああ、すみません、大尉。いつも忘れてしまうんです……イギリス人はフランス語で叫びました。ちょっと待ってください。メモしてきましたから……」

マリ＝テレーズは上着のポケットから紙きれを取り出し、読みあげた。

「《本のことは、ただちに取りかかれよ。とても重要なんだ。われわれはどうしてもあれを手に入れたい》」

「なるほど、そういうことか」と大尉はつぶやいた。

マリ＝テレーズが続ける。

「背の高いイギリス人はこう叫びました。するとカーベットさんはわかったと合図し、くるりとうしろをむくと、立ち去る車には目もくれず城のほうへ帰って行きました。よかったですよ。だってジョゼファンったら、遠ざかる車のトランクから、ふざけて顔を出したんですよ。危うく見られるところだったわ」

「ともかく無事ですんだのだから、かまわないさ。おまえは、それからどうした？」

「それから？　カーベットさんのあとをつけました。ゾーヌ・バーへは戻らず、城に帰るのだとわかりました。初めは城で待とうかと思いましたが、それよりパリ行きの列車に乗ってここへむかったほうがいいと考えなおしました。一本逃すと、しばらく次が来ませんから。わたしはすぐに列車に乗り、こうして着いたというわけです」

大尉は少女をほめた。

「よくやった。おまえたち二人の働きはすばらしい。礼を言うぞ。けれども、まだ終わったわけじゃない。これからまだ、悪党どもを迎える準備がある。やつらにふさわしいやり方でな」

それからコラをふり返り、こう続ける。

「わたしはカーベットを担当します。さあ、お楽しみはこれからだ。ここでやつのお越しを待ちますよ。三人組のほうはわたしの家で待ちぼうけを食わせるだけでもすみますが、あいつらにも厳しいお仕置きが必要でしょう。目にもの見せてやりましょう」

「どうするおつもりなんですか？」とコラは不安そうにたずねた。

「罠を仕掛けます。有害な動物にするみたいにね。不意の襲撃に備えて、家の門には精巧な電動保安装置を施してあるんです。効果のほどは、やつらが教えてくれるでしょう。体験するのは、やつらが初めてですから。この子たちを家に連れていき、装置の使い方を説明します。二人に装置を作動させますが、大丈夫、とても簡単で力もいりませんから。あなたも来てください、コラ。乳母といっしょに避難する前に、準備に立ち会うといい。一見に値しますよ。イギリス人が関心を持っている《本》もお見せしましょう。帝国軍の将軍だった先祖のひとりがナポレオンから譲られた、貴重な遺産です。そこにはイギリスの秘密が明かされているんです」

「ひとつ、気になっていることが。カーベットが会ったイギリス人は何者なんですか？　あなたは正体をご存知のようですが……どんな真実を見て取ったのです？　わけがわからないわ……」

「おやおや、彼らはあなたのお友達ですよ。四銃士のなかの二人の洒落者です。彼らはわたしたちが思っていたほど、ありきたりな男たちではなかったんですね。だってあんなにうまく正体を隠すには……よほど巧妙で……悪賢くないと」

「ドナルド・ドースンとウィリアム・ロッジ？」

「もちろん、ドースンとロッジです。正直、ロンドンにいたときも、パリに来てからも、まったく怪しんでいませんでした。ただの気取ってのんきそうな遊び人だと思っていたのに……一人は特にそうです。ロッジのほうはドースンの忠実な秘書にすぎないでしょうから。まったく、あんなに考古学に詳しいドースンが……でもヴェールは引き裂かれ……曖昧だった点が見えてきました。事件の背景がすべてわかったのです……」

大尉は一瞬、もの思わしげに言葉を切ったが、やがて恐ろしげな笑みを浮かべて締めくくった。

「明日の朝、サー・ドースンと一対一で対決します。こいつは面白くなりそうだ」

「明日の朝？　明日の朝はわたしを迎えに来るはずでは？　お忘れではありませんよね。何の連絡もなく、わたしをひとりにしておかないで」

「昼までには、あなたのおそばにまいります。さあ……もう時間を無駄にできない。戦いはまだ終わっていません」

サヴリーは子供たちを外に出すと、コラに帽子を手渡した。そして四人は、サヴリーが住んでいる聖具室のある古い礼拝堂にむかった。

## 13　潰えた陰謀

「おおい、こっちこっち！　わたしだ！　また会ったな。再会が嬉しくないのか？」

　トニー・カーベットはぎょっとしたようにあとずさりした。彼はレルヌ邸の一階の窓を、難なくこじあけたところだった。そこはサヴリーが、わざと鎧戸の錠をかけずにおいたのだ。カーベットはすばやく居間に飛び込んだ。ようやく邪魔者も入らずに、コラの部屋に押し入ることができる。そう思って胸を高鳴らせていたとき、光が灯って部屋にあふれた。サヴリー大尉が奥のドアに寄りかかり、皮肉っぽくこちらを見ている。大尉はカーベットの動きに先まわりして、すばやく銃を突きつけた。

「手をあげろ。ほら、さっさとしろ。近寄ったら撃つぞ」

　カーベットはかっとなったが、しかたなく手をあげた。

　大尉が続ける。

「こっちからおまえのほうに行く。ここは礼を尽くさなくては。お迎えできて嬉しいからね。申しわけないが、持ち物を調べさせてもらおう。おまえみたいなやつが相手では、それも必要不可欠な手続きさ」

　大尉はこう言いながら、あいかわらず銃を構えたまま悪党に近づいた。カーベットは恐怖とぶつけどころのない怒りで蒼ざめていた。サヴリーは片手で拳銃を相手の胸に押しつけ、もう片方の手でポケットを丹念に探った。そして自動拳銃やいくつもの鍵、鉄のメリケンサック、ジャックナイフ、麻酔薬のガラス瓶、絹のハンカチをひとつひとつ取り出していった。それらすべてを自分の服にしまい、鍵だけはカーベットのポケットに戻すと、彼はこう言った。

「ずいぶんとまた大荷物だな。こんな野暮な道具一式を持ってきれいなご婦人を訪ねるのは、あんまり粋な振る舞いとは言えないぜ。まったく礼儀知らずなやつだ。躾《しつ》けなおさねばいけないな。だいいち、そんなつるつる頭じゃ気味が悪い。そう思わないか？」

　カーベットは歯噛みをしながら言い返した。

「このほうがルパンの馬鹿面よりずっといいさ。きさまはルパンだ。サヴリーなんていう名前には、もう誰も騙されないぞ」

「まあな、どうやらわたしはルパンらしい。それを誇りにも思っている。だから、そんなにかっかするなって、坊や。おとなしくしてろ。サヴリーという名前も、ちゃんと法的な手続きをふんでいるんだ。身辺はきちんと整えてある。いつでも整っているのさ、このわたしは。ちなみに鍵だって返したじゃないか。あれがないと家に帰るのに困るだろうからね」

「威張り屋め。それがあんたにはお似合いだ」

「わたしに感謝しないのか？　感謝に値するだろうに」

「それでもレルヌ嬢には、あんたがルパンだと知らせていないんだろ」

「またルパンの話か。いくらおつむが軽いからって、よくもまあそればっかり言っているな。勘違いするな、安心しろ。レルヌ嬢はすべてわかってる。明日には疑問の余地もなくなるだろう。自分から彼女に言うつもりだから。こそこそ立ちまわる気はないさ。だから気を利かせて口出ししようなんて、余計なお世話だ。そこにすわって、話し合おうじゃないか。おまえの武器は取りあげたから、わたしも銃で脅すのはやめにしよう。おまえが少しでも動いたら、静かにさせる手はあるしな」

サヴリーはカーペットの武器がしまってあるポケットに、自分の銃も収めた。そして腰をおろすと言葉を続けた。

「さあ、少し話そうじゃないか……おまえは今夜、わざわざわが家に手下を連れて行ったんだろ。わたしを縛りあげ、コラ・ド・レルヌを助けに行けないように。否定しなくてもいい。ちゃんとわかっているんだ。ただおまえは、あんまり目端の利くほうじゃない。思ってもみなかったらしいな。レルヌ嬢はもっと別の、安全な場所にいて、彼女の家でおまえを待っているのがこのわたしだとは。わたしの家は空っぽさ。おまえの卑劣な手下どもがどうなったか、あとで見せてやる。いっしょにじっくり眺めよう。きっとおまえもびっくりするぞ。あいつらが、どんなにおとなしくなっていることか」

カーベットは震えあがった。

「心配するな。命に別状はないから」と大尉は続けた。「傷ひとつついちゃいない。そっくりそのまま、おまえに返してやる。さぞかしおまえを恋しがっているだろうよ。ただあいつらには、体で警告を感じてもらわねばならない。きっとわかってくれたことだろう……おまえもな……おまえは力不足なんだ。わたしのような男には関わらないことだな。おまえをぶちのめす手はいくらでもある、なんならもっと思い知らせてやってもいいんだぞ」

カーベットは黙ってじっと聞いていたが、勝ち誇ったような口調でさえぎった。

「おい、ルパン。いい気になるなよ。あんただって《人殺し三人組》を使ったじゃないか」

「ああ、荷物を運ぶのに……荷物っていうのは、わたし自身のことだが。わたしが金貨の袋に隠れていたのを覚えているな？ クレオパトラが絨毯に身を隠して、シーザーに会ったように。あの日も、すっかりおまえの邪魔をしてしまった。ああ、わたしは正当な理由から、あいつらの馬鹿力に助けを借りた。そうせざるをえなかったんだ。例によっておまえはやつらを雇い、金貨の袋を運ばせることにした。その袋を利用して、おまえの隠れ家に入り込もうと考えるのは当然のことさ……おまえは悪事のために、下劣なやつらに声をかけた。それは恥ずべきことだ……ついでに教えてやろう。おまえはけちで金払いが悪い、しみったれだ。それが失敗のもとさ……流儀もわきまえていなければ、先見の明もない。おのれの劣情を満足させようとして、肝心の目的も忘れてしまう。今夜、おまえがすべき大事な仕事は何だった？　わたしの家から《本》を見つけ出すことだろうに。主人から持ち帰るように言いつかった本をね。それなのにおまえさんときたら自分の都合を優先させ、ご婦人に言い寄ろうっていうんだから」

　カーベットは蒼ざめた。

「主人だって？」と彼は口ごもるように言った。

「そうさ、おまえの主人だ。おまえが誰のために、どんな巨大組織のために働いているのか、いつまでもわたしが気づかないと思っているのか？　おまえの主人とは、近々話をするつもりだ。手先の選び方を誤ったと言ってやるさ……本のことはもう気にしなくていい。この問題は、おまえの主人とじかにかたをつける。ついでにおまえを本国かどこかに送り返すよう頼むことにしよう」

「送り返すだって……まあ、おれが望めばな」とカーベットは不満げに言った。

「勘違いするなよ。おまえが望まなくてもだ。おまえは単なる下働きだ。巨大な機械の歯車にすぎない。おまえはその大きさがわかっていないが、わたしにははっきり見えている。秘密諜報部の工作員が任務に失敗したら、国を変わることになる。よく知られた話だ」

　カーベットはうちひしがれ、もう何も言い返せなかった。大尉は立ちあがり、威圧するように大きく肩をそびやかした。

「そうとも、わたしはルパンだ。はっきり認めよう。堂々と、誇りを持って。おまえの負けだ。もうあきらめろ」

彼はそう言ってカーベットに近寄り、肩を叩いた。

「さて、そろそろおまえの小鳥たちを助けに行こうか。《人殺し三人組》をね。あいつら、悪巧みのつけを、たっぷり払わされたことだろう。さあ!」

カーベットは逆らう気力も失せ、言われるがままに従った。

ドアまで行ったとき、アルセーヌ・ルパンは小箱をカーベットに差し出した。

「煙草は?」

「いるものか!」とカーベットは憎しみを込めて叫んだ。

「そこがおまえの間違いさ。自制心ってものが欠けている。実のところ、おまえを恨んではいないんだ。ただの間抜けな新米だからな。手順をおぼえる準備もせずに、いきなりゲームにかかろうとしている」

そして彼は煙草に火をつけ、こう続けた。

「むこうに着いても、今さら本を取ろうなんて考えるな。無駄骨を折るだけだ。本物は安全なところにあって、あそこには複製しか置いてない。それを明日、サー・ドースンに渡すつもりだ。わざわざ教えてやったんだぞ。おまえみたいな初心《うぶ》は、ひとりでは気づかないだろうからな。さあ、行こう」

彼はカーベットの腕を引いた。そして二人は屋敷の正面階段へと消えていった。

# 14　罠にかかる

トニー・カーベットがやってくる前に、アンドレ・ド・サヴリーはあらかじめジョゼファンとマリ＝テレーズを家に連れて行き、罠の操作方法をとり急ぎ教えておいた。侵入者から家を守るための電動装置で、仕掛けはとても簡単だ。

ジョゼファンは興奮のあまり、どんどんと足を踏み鳴らした。

「あの三人組、ネズミみたいにいちころだぞ。こいつは本当にすごいや」

大尉は彼を落ち着かせた。

「たしかにこれで、あいつらを捕まえられるだろう。でも、初めから舞いあがるな。冷静でいろ。われわれの精神的規律を忘れるなよ」

「静かにしてますよ、大尉。でも、まだ訊かねばならないことがあって。この家が面しているのは、道路沿いの塀だけではありませんよね。反対側の奥にはあずまやと庭園が見えました。あちらからも家に近づけるのでは？」

「ああ、あっちが本当の入口、正面入口なんだ」

「もし敵がそちら側から来たら、困りますよね。やつらの出迎えに用意した道路側の仕掛けに警戒して、反対側の塀を乗り越え、空き地を横切ってきたら？　その場合は、どうしたらいいですか？」

アンドレ・ド・サヴリーはにっこりした。

「心配はいらないさ。カーベットが道路側の門をあけ、そこから入るほうがずっと簡単だからね。不法侵入の危険を冒さずにすむ。攻撃者にとって一番たやすい方法は何かを、常に予想しなくてはならないんだ。でも、おまえが自分でそうした不測の事態を考えたのは立派だぞ。問題点に注意を払い、真剣に対処を考え始めた証《あかし》だからな。それはいいことだ。だが安心しろ。電動保安装置は家の反対側にも仕掛けてある。使い方はさっき教えたとおりだ。わたしが出かけたら作動させろ。ガレージで見せた停止装置は、ふたつに分かれていただろう。正面のスイッチだけ切って、裏手はそのままにすることもできる。わかったな？　だからやつらがどんな手を使ってこようが、捕まえられる」

「ああ、ほっとしました。それくらい、初めから気づくべきでしたね。大尉の備えは万全なんだから」

コラ・ド・レルヌもいっしょに来て、装置の実演に立ち会っていた。彼女はサヴリーに質問をした。

「アンドレ、あなたがこんなすばらしい防衛装置を考案したの？」

サヴリーは返事を濁すような身ぶりをした。

「別段、難しいものではありませんよ。前々から、電気仕掛けについては関心を持っていたんです……

それにちょうどぴったりの電気技師も見つかりましたし。技術的な問題の解決に必要な知識や想像力があって、それを実現する巧みな技能を持った者が。それだけのことです」

コラは首を振った。

「あいかわらず謙虚なのね……」

するとサヴリーはこう言い返した。

「そんなことはありません。わたしは自分の才能をよく知っています。才能を活用するためには、まずそれを知っておかねばなりません。ただうぬぼれていてはだめなんです。ええ、わたしはその点、目は確かだ。試す価値がないものを買いかぶったりしません。それはともかくとして、いっしょに書斎に来てください。わたしをつけ狙う連中が関心を持っている本を、お見せしましょう」

二人は広々とした四角い部屋に入った。趣味のいい落ち着いた家具が並んでいる。知ってのとおり、そこは古い礼拝堂の聖具室だったところだ。サヴリーは個人的な好みと炯眼《けいがん》から、ほかの建物よりもここがいいと決めたのだ。レルヌ邸の敷地に点々と残る城の廃墟よりも。彼はその聖具室を見事に活用していた。

コラは模様替えを賞賛した。

「嬉しいわ、アンドレ。あなたのお部屋に来られて」と彼女はつけ加えた。「だって今まで、どうしてもなかなかに入れてくれなかったでしょ。悔しかったわ。何となく心配だったたし……」

「ここはあなたの来るべきところではありません。あなたに悪い評判が立たないよう、お招きをする喜びを自分に禁じていたのです……」

「そうだろうとは思ってたけれど」

サヴリーはパネルの中央に置いたガラスケースの前に、コラを案内した。

「ここには、わたしの先祖である帝国将軍の遺品が入っています。すでにご説明したように、問題の本もそのうちのひとつです。ナポレオンがセントヘレナ島でしたためた遺書によって、将軍に遺贈されたものです」

サヴリーはケースをあけ、奇妙な装幀を施した手書きの本を取り出し、コラに手渡した。

「これはジャンヌ・ダルクの告白書です」と彼は説明した。「彼女がイギリスの将校たちから聞き集めたイギリス政治の大方針が、ここにまとめられています……それは当時から、今でも変わっていません。保守的なイギリス人の特質でしょうね。だからこそ秘密諜報部の面々はわたしをつけ狙い、その資料を奪い取ろうとしているんです……でもこれは、複製ですがね。本物はわたしにとっても貴重品ですから、安全な場所に隠してあります」

コラはページをめくりながら微笑んだ。サヴリーが続ける。

「どうしてわたしの先祖が、この本を手に入れたかですって？　それについては、いつかまたお話ししましょう……要するに、美しい愛の物語なのですが……今夜は時間がありません。早くあなたの安全を確保しなければ」

「本のように？」とコラは冗談めかして言った。

「もちろん場所は違いますが、大切なものは皆、同じです。乳母を呼びましょう。彼女があなたを隠れ場所に案内します。そのあいだに、わたしは子供たちにいくつか追加の指示を与えます。乳母には子供たちのために、軽食も用意してもらわねば……あなたはもうひとつの家で夕食をとってください……」

「でも、あなたは？」

「わたしがと言いますと？」

「あなたはみんなの夕食を心配していますが、ご自分の夕食はどうするつもりかって……」

「ああ、それはどうでもいいんです……」

「どうでもいいことないわ。これから緊張の一夜が始まるのだから、あなたにもしっかり栄養をとっておいて欲しいわ……」

「お気づかい、感謝します。それではお約束しましょう。子供たちのサンドイッチを少しもらい、お宅でカーベット君を待ちながら食べることにします。でも、あなたのおっしゃるとおりだ。夕食をとる時間もないような、慌しい連中は信用できませんからね」

サヴリーは取り出した本をしまうと、ガラスケースを閉め、コラを隣の小部屋に連れて行った。そこで彼女を乳母に託し、ついでに軽食の指示を与えると、ジョゼファンのところへ戻って話をした。

それがすむとコラと乳母を迎えに行き、三人でレルヌ邸の前に止まっている車へむかった。ジョゼファンとマリ＝テレーズは家に残った。

「おまえ、どう思う？　本当にすごい仕掛けじゃないか」とジョゼファンは首を振りながら妹に言った。

「ええ、思ってもみないでしょうね、攻撃者たちも」

「攻撃者だって……ずいぶんと大仰な表現だな」

「からかえばいいわ。さっき大尉さんが使った言葉なのを、気づいてないみたいだけど。だったら……」

「怒るなって……それに無駄話をしているときじゃない。準備をしなくては。手順は聞いたな？　おまえはまずガレージに待機し、食べ物を用意しておけ。スイッチを入れたら、敷石の後ろ半分のうえは歩けなくなるからな。ぼくはレバーがある作業場から、脇の窓をとおっておまえのほうに飛び降りる」

「どのレバーをあげるかは、ちゃんと覚えているわね？」

「もちろん、簡単なことさ。ほんの二分ですむ。ミュージックホールの装置を動かす電気操作盤みたいなものさ」

「行ったことがあるの？」

「ああ、一度ね。ラジオが企画した団体に混ざって」

マリ＝テレーズは冷やかすような目で彼を見つめた。

「へえ、物知りなのね。ところで、拳銃は持っているわね？　だってほら、大尉さんが言っていたでしょ。あいつらが来るまでに、用意したほうがいいって。わたしは持っているわ」

ジョゼファンはうなずくと、こう妹に命じた。

「うしろを気をつけろよ。ガレージで会おう」

そして彼は家のなかに消えた。

しばらくして、ジョゼファンは横の窓から飛び降り、迂回をしてガレージに着いた。籐の肘掛け椅子に寝そべっていたマリ＝テレーズが声をかける。

「もう終わったの？」

「準備完了だ。操作をひととおり繰り返してみた。スイッチに手をかけ、入れて、切って、また入れて。騒がしい音が聞こえなかったか？」

「そういえば、かすかに」

「さて、どうする？　あとはもう、待つだけだ」

ジョゼファンも腰をおろし、満足そうにため息をついた。

「いやあ、ほんと、愉快だな……そうだ、そろそろ食事にしよう。お腹がすいた。おまえは？」

「わたしもよ。それにおいしい食べ物もあるし。あそこの棚を見て。パイ皮包みのパテ、いい匂いだわ。それに固ゆで卵、サンドイッチ、白ワイン、フルーツも……ほらね、ゾーヌ・バーの料理とは大違い」

「すごいぞ。さあ、テーブルについて、食べるとしよう。でも、もう話はやめだ。物音に耳を澄まさねば」

「そうね」

二人は黙って夕食を続けたが、押し殺した笑い声が漏れるのは抑えようがなかった。

一時間後、ジョゼファンはいきなり飛びあがって爪先立ちになった。

「車が止まった」と彼はささやいた。「きっとやつらだ。さあ、ポケットに手を入れ、指を銃の引き金にかけよう。気をつけて」

はたして、レルヌ邸の裏手から通りに出る通用門がひらかれた。トニー・カーベットが、持ってきた鍵であけたのだ。そして《人殺し三人組》をなかに入れた。カーベットはサヴリー大尉の家を指さして三人に示し、自分は庭園を横切って裏からレルヌ邸にむかった。

ジョゼファンとマリ＝テレーズはガレージから一部始終を見張っていた。ドゥーブル＝チュルクが肩をそびやかし、忍び足で敷石を張った中庭の真ん中まで歩いてくるのも見えた。それより小柄なフィナールとプス＝カフェも、並んであとについてくる。

ジョゼファンは妹を肘でつつき、二人で目配せをし合った。

サヴリーの家に続く中庭は均整が取れているが、四角ではなく円形といういっぷう変わったデザインだった。一番真ん中には、きらきらと光る丸い小さな噴水の池があった。そのまわりを、色と太さの違うモザイクの円が二重に囲んでいる。庭の周囲にはぐるりと低い塀が巡らされ、入口のところはきれいな柱に、最後は蔓バラが生い茂る棚になっていた。

《人殺し三人組》は池を迂回し、青くて狭い第一の円のうえを歩いていた。あいかわらず先頭を行くドゥーブル＝チュルクが、第二の円に足をかけた。こちらはピンク色で、幅はもっと太かった。すると不意に物音が聞こえ、彼はびっくりして飛びあがった。きしむような、恐ろしげな物音だ。ピンク色の円が、まわり舞台のように回転を始めた。円はかなりのスピードでまわり、呆気にとられている悪党を運んでいった。そしてあれよあれよという間に、ドゥーブル＝チュルクは回転する円に乗って塀の真ん中まで行った。そこから目に見えない溝に沿って、がっちりとした大きな鉄の爪が飛び出す仕掛けになっている。ハサミはドゥーブル＝チュルクの腕、胴、脚の三ヵ所をつかんだ。

彼は汚らしい罵声をあげた。しかしヘラクレスのような怪力をもってしても、情け容赦ない締めつけに身動きがとれず、手も足も出なかった。

これを見て二人の仲間は恐慌をきたし、青い第一の円に達したところで足を止めた。けれどもあとずさりして逃げる暇はなかった。ドゥーブル＝チュルクを挟んだ爪が作業を終えるや、右側にいたフィナールは何か小さなものが足の下で動くのを感じて震えあがった。青い円の一部が外に向かってすっと滑り出し、彼を否応もなくピンクの円に連れて行ったのだ。そう、ドゥーブル＝チュルクを打ち負かした恐ろしい円のうえに。

フィナールが無理やりピンクの円に乗せられると、またもや回転が始まった。そして彼も鉄の爪に挟まれて、ドゥーブル＝チュルクから離れた上方の、あずまやに近いあたりの壁につながれた。

怯えきったプス＝カフェは、青い円のうえで一歩も動けなくなっていた。頭にあるのはただひとつ、仲間二人を襲った運命から何としてでも逃れることだった。彼はフィナールの左側を歩いていた。あの油断ならない誘導装置の位置は、もう正確にわかっている。そこに足を踏み入れないよう、注意しなければ。だったらできるだけ左によるのが賢明だろうと彼は考えた。やんぬるかな、左側でも右と同じく円の一部が外にむかって動き出し、たちまち彼は恐ろしいピンクの円に連れて行かれた。今度は反対方向の回転だった。不幸なプス＝カフェは左の壁から出てきた爪に挟まれ、二人の仲間の正面に捕えられた。

「動く歩道の乗客の皆さん、五分間の停止になります」とジョゼファンが大声でからかった。

ジョゼファンと妹は隠れ家から出てくると、拳銃を手に作戦の続きを行なった。

「そこにいろ」とジョゼファンは言った。「仕掛けを止めてくる。さもないとぼくたちまで、挟まれてしまうからな。やつらのそばまで行って、ポケットのなかを調べねばならないのに。待ってろよ。家の反対側は、そのままにしておこう。何があるかわからない。ひょっとしたらむこうから、もうひとりやって来るかもしれない……」

「また窓から作業室に入るの?」

「いいや、装置を止めるのは、すべてガレージのなかでできるんだ。ほら、大尉さんがやって見せたじゃないか。大丈夫だ」

ジョゼファンはガレージに入り、またすぐに出てきた。そして妹を連れ、ドゥーブル=チュルクのほうに歩き出した。マリ=テレーズはピンクの円のうえを通ろうとして、思わずあとずさりした。

「恐いわ。もし動き出したら?」

「馬鹿言うな。こっち側の庭は、すべてスイッチを切ってある。それにほら、円の下半分はまったく危なくないんだ。捕まえようとする連中を、安心させるためにね。電気仕掛けが作動するのは、真ん中の池を越えたところからさ。さあ、行くぞ、弱虫め。おまえに手伝ってもらわねばならないからな」

ドゥーブル=チュルクは二人が近づくのを眺めていた。彼の鈍重な頭に、迷信による恐怖が湧きあがった。おれたちには罠でいっぱいだったところを、あのガキどもは平気な顔で歩いてくるぞ。

ジョゼファンはドゥーブル=チュルクが気味悪がっているのを見抜いた。

「びっくりしているようだな?」と彼は巨漢に話しかけた。「ぼくたちが通れるのは、善人だからさ。これは悪人だけを懲らしめるんだ。どうして悪さばかりしたがるのかな? とんだ無駄骨だっていうのに。報酬だってあてにはできないぜ」

ドゥーブル=チュルクは何ごとかもごもごと答えた。そしてマリ=テレーズが拳銃を突きつけると、怯えたように目をしばたたいた。ジョゼファンは彼を安心させた。

「何もしないさ。ポケットを空《から》にするあいだ、用心のためだ」

こう言いながら、ジョゼファンはズボンのポケットから拳銃一挺とナイフ二本を取り出した。

「あいかわらず汚い道具を持ってるな。これで全部か」とジョゼファンは言った。

「ああ」

「猿ぐつわは？」

「上着のなかだ」

ジョゼファンは乱暴者をおとなしくさせている金属棒のあいだに手をいれ、猿ぐつわを見つけた。

「けっこうなポケットだな。それで、ロープは？」

「おれは持っちゃいない。かしらだ」

「フィナールか？」

「そうとも。もう嘘ついたってしかたねえ。失うものなんか何もないからな。ともかくここから出たいんだ。締めつけられて、もうくたくただ。おれをどうしようってんだ？」

「何もしないさ。二度とここに戻ってきちゃならないとしっかり肝に銘じれば、自由にしてやる」

「ああ、それならよかった、安心だ」

「ともかく、おとなしくしてろよ。じっと我慢してよく考え、正しい解決策を取るんだ。背中に毛布をかけてやる。夜は寒いし、おまえらが襲おうとしたココリコ大尉は、罪人が死ぬのを望んでないからな。おまえらが風邪を引かないようにしろと、大尉から命令されている。やさしい人だろ、大尉は？　それじゃあ、元気でな。おまえは悪人というより愚か者なんだ」

二人の子供はフィナールのところへ行き、同じ措置をした。

「ロープを」とジョゼファンが命じる。「ロープはどこにある？」

「左のポケットさ、大将」

ジョゼファンはロープを取り出した。それに右のポケットから拳銃とナイフも。

「とんだ探偵気取りの小僧だ」と男は腹立たしげに皮肉った。そしてまだ動かせる頭を前に突き出し、ジョゼファンに嚙みつこうとしたが、危ういところで届かなかった。

「この野郎！」とジョゼファンは叫んだ。「こいつが一番危険人物だ。おい、銃弾を食らわせてもいいんだぞ。おまえなんか、それにも値しないがな。次に行こう」と言ってジョゼファンはプス＝カフェに近づいた。

プス＝カフェは拳銃一挺しか持っていなかった。ジョゼファンはそれを取りあげながら言った。

「おまえはあんまり働く気がなかったようだな」

「疲れたくないんでね」と悪党はうそぶいた。

そしてマリ＝テレーズに微笑みかけ、こうつけ加えた。

「おれがやらなくても、代わりに働いてくれる娘っこがいくらでもいるからな。でもみんな、こっちのお嬢ちゃんほどスタイルはよくねえ。なあ、あんた、仕事がしたくなったら紹介してやるから、いつでもおれに声をかけな……」

「おい、黙れ」とジョゼファンが激怒して叫んだ。「さもないと痛い目を見るぞ」

「わかった、わかった……もうやめとくよ。怒るなって。冗談が通じねえやつだ……女を崇めているから言ってるんじゃないか。気晴らしに、ちょいとからかってみたくもなるし。なにしろ、あんまりおもしれえかっこうじゃないからな……」

「冗談ならひとりでいくらでも言ってろ。もう行くぞ」

子供たちは遠ざかった。けれどもジョゼファンが告げたとおり、彼らは毛布を取ってくると、三人を捕えた金属装置のうえから、肩のあたりにかけてあげた。

ジョゼファンとマリ＝テレーズが肘掛け椅子に腰を落ち着けようとしたとき、きしむような物音がした。敷石が動き出すときの音と似ている。

「家の反対側で、もう一匹別の獲物が檻に入り込んだかな」とジョゼファンは心配そうに言った。「ちょっと見てくるから、おまえはここにいて、やつらを見張ってろ」

しばらくすると、ジョゼファンは満足げな表情で戻ってきた。

「やったぞ。四人目がかかった。まったく傑作さ。だっていいかい、獲物は車のイギリス人だったんだ」

「車のイギリス人？」

「ああ、ゾーヌ・バーに来たほうじゃなく、車で待っていたほうのイギリス人。あいつのほうがもう一人より、ずっと大物らしいからな」

「それじゃあ、ほっそりしたほうね。でも、どうするの？」

「そうだな……何とも……おまえはどうしたらいいと思う？　とりあえず待とう……困ったな。なかなかしゃれた格好をしているので、ポケットを探るのも気が引けるし。大尉さんが戻るまで、そっとしておこう」

マリ＝テレーズが興味深そうにたずねる。

「反対側はどうなっているの？」

「ああ、きれいな正面階段があって、花が咲いていて。でも丸い庭はこっちと同じだ。切れ目のある塀もね、柱が立っていて、端に蔓バラの茂みがある。丸い形、池、そのまわりに同じ青とピンクの二重丸、そのうえを池の先まで歩くと、円が回転して鉄の爪が伸び、塀から動けなくなってしまう。すごい装置だよな」

「イギリス人は怒ってる？」

「それが全然なんだ、あいつは。じっとがまんしている。その点は偉いな。爪は錆びないクローム鋼製だから、服は汚れないよってぼくが言うと、にっこり笑ったくらいさ」

「兄さんときたら、いい心臓してるわね」

「だってやつは、明るい色のぱりっとしたスーツを着ていたからね、それが親切っていうもんさ」

「そのイギリス人にも毛布をあげたの？」

「すぐにね。毛布を取りに行ったついでに、裏側の庭もスイッチを切っておいた」

「でも、ポケットの中身を調べないんだったら、スイッチを切らなくてもいいじゃない」

「よくないさ、馬鹿だな。まずはやつの背中に毛布をかけに行かねばならない。それに大尉さんも彼に近より、話をしようとするだろうからね」

「本当、そこまで考えなかったわ。早く大尉さんに来て欲しいわ」

マリ＝テレーズの願いはほどなく実現した。アンドレ・ド・サヴリーは二人の子供たちのところへとやって来た。いっしょに来たトニー・カーベットは共犯者の惨状を目の当たりにし、唖然としている。三人組は疲れと不安から、ぐったりと眠っていた。複雑な鉤爪装置に締めつけられたまま、毛布をかぶっている姿が滑稽だ。

サヴリー大尉はそれを指さし、カーベットに示した。

「ほら、これで満足だろ。おまえの友達はちゃんと生かしてある。この装置を実体験したければ、まだ席は三つ空いているからな。なかなか楽しいゲームだぜ」

それから彼は、哀れな悪党どもに声をかけた。

「調子はどうだ？　寒くないな？　人を縛りにやって来て、逆に縛られてしまったわけだ。自分がされたくないことは、他人にもするんじゃない。もう二度とわたしの前にあらわれるな。それを条件に、自由にしてやる。わたしの防御がどれほどのものか、思い知ったろう。これを忘れるなよ」

そこでジョゼファンがおずおずと口をはさんだ。

「大尉、実はもう一人いるんです」

「ああ、反対側にだな？　そんなことだろうと思っていたさ……」

「ぼくも知っている男、車に乗っていたイギリス人です。対処に困って、ポケットのなかも調べていません……いけなかったですか？」

「それでいいんだ。いつものとおり完璧さ」

「スイッチはすべて切ってありますから、どこを歩いても大丈夫です」

「ご苦労。それでは反対側の庭へ行くとしよう。ジョゼファン、鉤爪をひらいて捕虜を解放しろ。すべてだぞ。さあ、カーベット、手下を連れて行け。さらばだ《アデュー》」

サヴリーがもう一人の捕虜、《車のイギリス人》のところへ行くと、男はちょうど恐ろしい爪から解放され、体を揺すっているところだった。ジョゼファンがスイッチを切ったおかげで、抜け出ることができたのだ。

アンドレ・ド・サヴリーは男に近寄った。

「やあ、これはどうも、サー・ドースン、大変申しわけないことをした……わたしの敵はとても危険な連中なので、予告なしにいつでも家に来られないようにしてあるんだ。面会の約束を取ってもらわないと。もっとも、用むきはわかっている。きみはよほどの愛書家らしいな。わたしの持っている稀覯本を、早く眺めたくてたまらなかったんだろう」

イギリス人はちらりと横目でサヴリーを見ると、ひとことこう言った。

「お見事だ。まあ、文句を言えた立場じゃないがね」

「仕立てのいいベージュのスーツがしわくちゃになったのでは？」

「冗談はたくさんだ。これくらいで勘弁してもらおう。強烈な打撃でくたくたなんでね、今夜はもう休むことにする」

サヴリーは彼に手を差し出した。

「それにしても驚くべき装置だな。全体がどう組み立てられているのか、待っているあいだずっと考えていたよ……そのことで頭がいっぱいだった。きみみたいな男はめったにいない。われわれは気が合いそうだ。明日朝、九時にうかがってもいいかな？　率直に話し合おう……」

「明日朝、九時。率直な話し合いを。承知した」そしてアンドレ・ド・サヴリーは笑いながらつけ加えた。「それでは、おやすみなさい」

「おやすみ」

サー・ドースンは遠ざかっていった。

アンドレ・ド・サヴリーはひとりになると、しばらく愉快そうにもの思いにふけっていたが、やがて子供たちのもとへむかった。夜中のうちにパンタンに送り返すのはかわいそうだ。どこかに泊める算段をしなくてはと考えながら。

## 15　対決

「おはよう、遅れなかったかな？」

「九時ぴったりだ」

翌朝、ドナルド・ドースンがやって来ると、アンドレ・ド・サヴリーは握手を交わして居間に通した。イギリス人はとてもくつろいだ様子で、サヴリーにすすめられた肘掛け椅子にすわった。サヴリーもその正面に腰かける。

「きみのすてきな庭は、夜より昼間のほうが客あしらいがいいな」

「あらためて謝らせてもらうよ」とサヴリーは言った。「でもほら、あれはきみに仕掛けたものじゃなかったんだ」

「もうすんだことだ。それにこちらも悪かった。当然の報いさ。すばらしい発明品のことだけ考え、あとはきれいさっぱり水に流そう。ぜひとも図面《プラン》をいただきたいものだな」

「いいとも」とサヴリーはからかうような口調で言った。「策略《プラン》はきみのお得意だ」

「どういう意味かな、《お得意》っていうのは？」

「つまりきみの活動範囲ってことさ、サー・ドースン。自分が情けないよ。あんなに長いこと、きみを社交界の閑人だと思っていたなんてね。その点では、わたしの完敗だ。でも今になって、ようやく筋書きが読めた。だからよかったら、つまらない駆け引きで時間を無駄にせず、堂々と手の内を見せ合おうじゃないか……」

「きみと交渉するのは実に楽しそうだ。この取引ではお互い、真摯を旨としている。そのほうがやりやすいしうまくいくだろう」

「サー・ドースン、ひとつ指摘しておいたほうがよさそうだが、われわれは取引をしているわけでもないし、これは交渉でもないはずだ」

　イギリス人は少し身がまえ、つぶやいた。

「ほお、そうかな」

　それから彼は、ほとんど無邪気そうにたずねた。

「だったら何なんだ？」

　アンドレ・ド・サヴリーはうえからぐっと相手をにらみつけた。

「それを訊く権利があるのは、わたしのほうだと思うがね。どうかしているぞ。きみは昨晩、いきなりわたしの家に来た。そっとなかに忍び込んで、ご執心の資料を盗もうとしたのは明らかだ。いや、否定しなくてもいい。わたしだって素人じゃない。それに情報もつかんでいるんだ。捕まって潔く負けを認めたところは評価しよう。そのうえできみは、今日わたしの家を訪ねたいと申し出たんじゃないか。なのにわたしを咎めるみたいに、《だったら何なんだ？》なんてよく言えたものだ。図に乗るなよ。信頼して話し合いを始めるのに、最良の方法とは言えないぞ」

ドナルド・ドースンは一歩譲り、前言を訂正した。

「怒らないでくれ。わたしの言い方が悪かったようだ。フランス語は不自由なく使えるが、微妙なニュアンスはまだわからないところがあるのでね」

するとアンドレ・ド・サヴリーはこう指摘した。

「たしかにきみはフランス語の微妙なニュアンスが、よくわかっていないらしい。だがフランス人の微妙な心理については、まったく理解していないと断言できる。そこをきみに教えてやらないと……」

「喜んでうかがうとも。ところで、好意的に始まったこの会話を、一からまた始めたいのだが。きみが《堂々と手の内を見せ合おうじゃないか》と言ったところからね。いったん、あそこに戻ってもかまわないだろうか？」

「いいとも。ではまず、われわれの正体をはっきりさせておこう、サー・ドースン。そのほうがわれわれらしい、すっきりしたやり方だろう。アンドレ・ド・サヴリーはわたしにとって、かりそめの身分でしかない。もちろん、正規の行政手続きをふんでいるがね。イギリスやフランスできみが何をしているのかも、いまやはっきりわかっている」

サヴリーは厳かに立ちあがると、きっぱりとした口調で言った。

「わたしはアルセーヌ・ルパン……そしてきみはイギリス諜報部の高官だ」

「部長さ」とドナルド・ドースンは感情を殺してそっけなく答えた。

「どうだ、このほうがいいだろう？」とルパンは続けた。「これでわれわれの正体は、お互いはっきりした。本を手に入れようとするなら、きみもこんなふうに直截的なやり方をすればよかったんだ。数時間前、あの愉快な装置に捕まって、ひどい目に遭わされるくらいならね。本が欲しいと言ってくれれば、喜んで進呈したのに」

「本当か？」

「いつでもあげるさ。ただし、ひとつ言っておくことがある。わたしが欲深い連中の手の届くところに、本物を置いておくほどお人よしだと思うのか？　あれは皇帝ナポレオン一世が、わたしの曾祖父ルパン将軍にセントヘレナ島から贈ったものなんだぞ。ルパン将軍っていうのは豪胆な人物でね、ぜひ会ってみたかったよ。もちろん本物は、安全な場所に隠してある。歴史の経緯にあてこするわけじゃないが、帝国と引きかえにだって手放す気はない。わたしは一家の思い出を大事にするんでね。きみが捜すつもりだったガラスケースに入っているのは複製だ。それでイギリス政府が満足するなら、きみにさしあげるとも。たしかに、偉大なるコルシカ人の手がじかに触れたという驚くべきお宝ではないけれど……でもきっときみは、本の外見に感動するだろうよ……ともかくそれは、すばらしい出来だからね。芸術的見地からして装幀は本物そっくりだし、本文も一語一句そのままだ。イギリスが本を手に入れようとしているのは、中味が知りたいからなのか、それとも外国人に読まれたくないからなのか。重要なのはその点だが、もし第二の理由でも心配は要らないさ。わたしはジャンヌ・ダルクの告白を子孫に遺すとき、どんなことがあっても決して隠し場所から出してはいけないと定めるつもりだから。そうすればわたしの一家が、粘り強いイギリス諜報部につけ狙われる心配はない」

ルパンはガラスケースに近寄り、ふたをあけて本を取ると、サー・ドースンに差し出しながらこう続けた。

「さあ、どうぞ。わたしは別の複製を、色々な隠れ家に置いてある……隠れ家はたくさんあるからね……ちょっとページをめくってみるといい。興味深い教訓が見つかるから。いや、きみにはお馴染みの教訓だろうが。例えば、これだ」

ルパンは大袈裟《おおげさ》に節をつけて読みあげた。

地上を制する者は、すべての黄金を手にするだろう。
すべての黄金を手にする者は、地上を制するだろう。
イギリスをケープへむかわせねばならぬ。

アフリカの南をすべて、わがものにしなければ。

サー・ドースンは手を伸ばした。顔が真っ赤になっている。

「この本をいただくことにする」と彼はしゃがれた声でいった。「ありがとう。かわりにそちらの要望を聞こう」

「いや、なに、要望なんて。それに本をあげるのは、交換条件のためじゃない。きみに喜んで欲しいからだ。でも、カーベットをよそへやってくれたら嬉しいのだが。きみの好きなところでかまわないから、ともかくわたしの前から消してくれ。カーベットがいなくたって、パリの仕事に不便はないだろう。あいつは手下として最低だ。自分の利益を追って、きみの仕事を危うくしかねない無能な工作員だ。それが証拠にきみ自身、やつを信用していなかったじゃないか。ただちに手に入れろと命じた本を、きみは自分でわたしの家に捜しに来たのだから。やつはきみの命令からはずれたことばかり、ずっとやり続けていた。レルヌ嬢に嫌らしく迫って、オックスフォード公も裏切った。まったく下劣なやつさ……下劣で、役立たずで、おまけに醜いときている」

サー・ドースンはにやりとした。

「たしかに。明日すぐにでも、遠くの任務へつけよう」

「見張りつきの任務か？」

「もちろんだ。ああ、ルパン。それにしても、きみは信じがたい男だな。きみのような天才がわれわれといっしょに働いてくれたら、本当に嬉しいんだが。わたしはとても孤独を感じているんだ」

「きみにはウィリアム・ロッジがいるじゃないか……」

「あいつはただの青二才だ。魅力的な秘書で、気持ちのいい友人だが……自ら率先してことにあたる気力に欠けているし、その能力もない。ところがきみは……」

ルパンはまた腰かけ、じっと考えていた。

「でも、わたしがきみと働く理由があるだろうか？　お金だって？　くだらん動機だな。だいいち、お金は必要としていない。ありあまっているくらいだ……たしかに、お金を追い求めていた時期もあったさ。人生の別の時期だ。あのころは、それを手に入れることが重要だった……でも、もう終わった。昨日だって財産の大半を、人類に役立つ研究をしている科学者に寄付してきたくらいだ。もしそのあと、パンタンで企てている事業を続けるのに足りなくなっても、金ならまたすぐ見つかる。無駄なお金があちこちに、たくさん散らばっているからな。わたしはそれをためらわず、我がものにできるんだ。それなのに、きみたちのところへ行く理由がわからないな」

「冒険の楽しみ。危険と成功の味だ……きみのような性格の男には、それだけで充分じゃないか」

「そんなことはない。今のわたしは、もっと高い志を持っている。わたしの目的は、もっと無欲なものなんだ。わたしにとって戦いとは、皆の利益にならねばならない。きみがいつもしていることとはかけ離れた、騎士道的な行為でなければ」

「お言葉だが、われわれも礼儀くらいは心得ている」

「ああ、でもきみたちには良心の咎めがない」

「それは言いすぎだぞ……」

「いいから先を続けさせてくれ。事態を冷静に検討してみよう。ここははっきりと答えなければ、サー・ドースン。個人的には、きみに好感を持っている。できればきみといっしょにいたいとも思う。でも、きみの組織は好きになれん」

「わたしの組織が、どんなに胸躍る戦いに関わっているか、知ってもらえさえすれば……」

「胸躍るかもしれないが、美しさに欠けている」

「その意見は驚きだな、ルパン。きみはわれわれについて、間違った噂を聞かされているようだ。人が陰でたたく悪口を信じて、われわれのことを判断しているんじゃないか……」

「そうじゃないさ。わたしは作り話があることも考慮し、国際的な事件だけをもとにしている。イギリス課報部は、そんな国際的な事件に何年も前から関わってきた。そのやり方を見ていると、きみたちには与《くみ》せないんだ」

「どういうことだ？」

「そう訊かれると思ったさ。もともときみたちの組織は、宣伝活動《プロパガンダ》のために使われていた。ところがすぐに、覇権《ヘゲモニー》のための機関に変質してしまった」

「それは正当なことだと思うがね。国を愛しているなら……」

「たしかに。でもきみの国は、わたしの国ではない。たとえ状況次第にせよ、イギリスはフランスに対立する意図や必要性、野心を抱くかもしれないじゃないか」

「一九一四年の戦争で、われわれは同盟を結んだ」

「単なる一時的な要請からだ……だが愛国主義の視点はさておき、きみたちの仕事をもっと大所高所から見てみよう。きみは何があっても躊躇しない。殺人だって決して厭わない。誰かの行為が邪魔になれば、あるいはなりそうなだけでも、その人物を消し去るだろう。手っ取り早く、情け容赦なく。なに、みんなが知っていることさ。でもわたしは、人を殺すのが大嫌いでね。殺人は最終手段だから、どうしても頼りたくないんだ。それにきみたちは複雑なやり方で、事件をもつれさせる。東洋で起きている事件やここ数年の外交を見て、はっきりそう確信した。どんな些細な問題でも、きみたちは遠まわしな方法を取るのが好きなんだ……例えば、オックスフォード公に対して用いられた駆け引きもそうだ。彼の結婚話が持ちあがったとき、きみは絶えずくるくると態度を変えていった」

「オックスフォード公は現王の甥だ。なにもわたしは……」

「だからこそさ。彼が王位につきたいと思っていることは、きみだって知らぬわけあるまい。きみは気づかれないように、彼の邪魔をした。そのために、レルヌ嬢との結婚を利用したんだ。彼女は持参金にするお金を、たっぷり受け取ることになっていたからだ。そこできみは、持参金にあたる金貨が入った袋を盗む計画を立てた。あるいは誰かをそそのかし、やらせたのかもしれない。ともかくイギリス銀行の飛行機から、袋がひとりでに落ちるはずないからね。もしこのわたしが、目を光らせていなかったら……何もかもがみみっちくて、大義に欠けることばかりだ……」

「そして何より二次的なことだ。ものごとの瑣末な面ばかり見ないで欲しいな、ルパン。王位に関する国内の駆け引きなど、大して重要なことではない。きみにとっても、まんざら損にはならなかったはずでは……」

「わたしにとって？」

「そうとも。きみはコラ・ド・レルヌを愛していると言っても、秘密を暴いたことにはならないと思うが」

アルセーヌ・ルパンはそっけなくさえぎった。

「わたしの私的な感情は、問題ではない」

「まあまあ！　きみとコラの様子は充分観察させてもらったがね。それできみたち二人のことは、はっきり事情が飲み込めたよ。コラはオックスフォード公を愛していない。彼女もきみを愛している……」

「こんなゲームはもうやめてくれ」

相手が苦しげに顔を歪めても、サー・ドースンは容赦なく続けた。

「どうしてコラとオックスフォード公を結婚させようとするんだ？　王妃になるチャンスを彼女に与えるため、きみは自分を犠牲にすると？　それよりオックスフォード公を押しのけてしまえ。われわれも力を貸すぞ。そうさ、コラと結婚するんだ。カーベットも言っていたじゃないか。王国はイギリスだけではないって。われわれはやつの意図も計略も、ちゃんとお見通しだったんだ。きみはどこか東洋にある、適当な親イギリス国の国王になり、コラといっしょに国を治める。イギリスはいくつもの王国を、作ったり壊したりしているんだ……」

「馬鹿馬鹿しい！　アルセーヌ・ルパンと結婚することが、若い女にとってすばらしい運命だって！」

「その気にならないか？　残念だな。きみがそんな古めかしい考え方だとはな」

「ルパンの考え方は、きみとは違う。きみがもっぱらエゴイストだとすれば、ルパンは愛国者なんだ。いいか、わたしはイギリス課報部とは正反対だ。わたしは紳士的な盗賊だが、きみの工作員たちは盗人みたいにふるまう紳士というわけだ」

「本当なら腹を立てるところだが、どうもその気にならない。きみときたら、実に才気煥発で豪放だ。それでは話をまとめよう。申し出は拒絶すると？」

「きっぱりとね。きみたちの政策は、世界中で戦争を引き起こすことしか考えていない。でもわたしの夢は、世界平和を打ち立てる助けになること、それだけだ。これからはその志のために、身を捧げたい。平和は可能だ。それは単に言葉だけのものではない。いつかきっと世界中に、平和がいきわたるときが来る。わたしはそのために協力したい。きみたちの国の覇権を打ち立てるためにではなく」

サー・ドースンは立ちあがり、手短にたずねた。

「それでは、敵同士に？」

「どうして？　進む道が違う、それだけのことだ」

「でもわかっているはずだ。いつかわれわれの行く手にきみがあらわれ、計画を妨げようとするなら、きみほどの強敵は抹殺せざるをえないだろうと。わたしとしては、大いに遺憾だがね。そんなことになるのは心苦しいさ。きみのことはとても評価しているんだ、ルパン」

「それはお互いさまさ。そうだろう、ドースン。ただし、きみはわたしの命令で抹殺される恐れはない。わたしは誰かを抹殺などしない、ただ遠ざけるだけだ。そのほうが、ずっと洗練された戦術だと思うがね。それがわれわれの相違点さ。もしいつか、きみが世界改革の前に立ちはだかったなら、とても心が痛むだろう。この大事な事業が、きみに理解されなかったことに。けれども正直に言うなら、きみのような敵と戦うことは興味深いだろうね。先祖のルパン将軍のように、わたしはいつでも戦いに勝っている。平和のための戦いでも負けることはないだろう」

サー・ドースンは懐疑的な身ぶりをした。

「それはどうだか……」

そして彼は手を伸ばし、こう言った。

「さらば《アデュー》だろうか……それとも、またいつか《オ・ルヴォワール》……」

「またいつかさ《オ・ルヴォワール》、きっと」

ドースンがドアまで行ったとき、アルセーヌ・ルパンは呼び止めた。

「そうそう……責め苦の庭の図面が欲しいと言っていたね。安全無害な装置だから、喜んで進呈しよう。きみは犠牲者だからな……その慰めになるならお安い御用だ……」

ルパンは引き出しから大部な書類を取り出した。

「さあ、どうぞ」

ドナルド・ドースンは喜色満面で受けとった。

「ありがとう。きみは本当に紳士だ。きみに現実《レアリスム》を見る目が欠けているのは残念だが」

アルセーヌ・ルパンは再び彼を見送りながら、指を立てて答えた。

「理想主義《イデアリスム》のほうがずっとすばらしいさ」

そして二人は笑って別れた。

## 16　女が望むもの

サー・ドースンが帰ったあと、ルパンは一点を見つめたまましばらくじっとしていた。そして頭を振り、声に出してこう言った。

「愛か……」

彼はあまりに魅力的な考えを振り払うかのように曖昧な身ぶりをすると、部屋のなかを行ったり来たりし始めた。懐中時計を見て家具の扉を閉め、鏡に映した髪を手で整える。それから帽子をかぶり、外に出た。手筈どおり、車がレルヌ邸の門の前で待っていた。彼は運転手に行き先を告げ、車に乗り込んだ。大きな建物の前で車がとまると、午後、同じ場所に迎えに来てもらう時間を決め、車からおりた。そして大急ぎで二階にのぼり、踊り場にひとつだけあるドアのベルを決めたとおりの間隔で鳴らした。

胸がときめいている。

足音が聞こえ、たずねる声がした。

「どなた？」

「わたしだ……すべてうまく行った……」

ドアがあいて、白い縁なし帽を被った老婆が顔を出した。

ルパンはその肩を愛情を込めて叩いた。

「やあ、何か問題は？」

「いいえ、大丈夫」

「彼女はいるね？」

「書斎にいらっしゃいます。お待ちかねのようですよ」

ルパンは四方が本で覆い尽くされた小さな部屋に入った。コラは立ったまま彼を迎えた。厳かな光に包まれ、肌がピンク色に染まっている。彼女は両手を差し出した。

「やっといらしてくれたのね」

「まだ昼前ですよ……」

「わかってます。でも心配でたまらなかったの」

「安心していてくださいと、ずっとお願いしたではないですか……」

「あなたが危険を冒しているときに、安心なんかしてられないわ！　おとなしくしているのが精一杯。じっとしているのが。でも恥を忍んで言うと、夕食はたっぷり食べて、よく眠りました。あなたの乳母はすばらしい料理人ね。それにここはとても静かで、明るくて……」

「ええ、わたしの隠れ場は快適でしょう？　じっくりと考え事をしたいときや……しばらく姿をくらましたいとき、わたしはここに避難するんです……入口がふたつあって、ひとつはいつも出入りに使っている口、もうひとつは並行している通りに面している口。もしもの場合に便利なんですよ」

コラはため息をついた。

「いつだって複雑で、謎めいているのね。普通の生活をおくる気はないのかしら？」

「《普通の》生活なんてつまらないですよ。あなたもお認めなさい」

二人は笑いながら腰をおろした。それからコラは、もの思わしげな口調で言った。

「でもこうして二人寄り添い、穏やかにおしゃべりしていると、あなたが特別変わっているとは思えない。あたりまえの日常生活を送り、仕事をして、気晴らしをして、誰かを愛し、皆と同じように期待に胸ふくらませ……だからついわたしは、幻想を抱いてしまうんです。だってそれは、ただの幻想に違いないから。でももしかして、このままずっと二人でいれば、あなたもそんなふうになれるんじゃないかって。間違っているかしら？」

アルセーヌ・ルパンはやさしくささやいた。

「たぶん、間違ってはいないでしょう……」

コラは続ける。

「こんなひととき、わたしは別の一面を忘れてしまうんです。何と言うか……」

「……起伏に富んだ一面？」

コラはにっこりした。

「ええ、そうね……あなたの人生の、起伏に富んだ一面を……」

「でも険しい山があれば、緑の谷もありますから」

彼はこんな親密すぎる会話を唐突に終わらせ、軽い調子でたずねた。

「ところでコラ、今朝は何をしていたんですか？」

「ピアノを弾きました。あなたの楽譜棚には、名曲がいっぱいつまっているのね。それに本を読んだり

「……でもっぱら、考え事かしら。とても大事なことを考えていたわ……」

「おやおや、それは気になりますね。何を考えていたのか、うかがってもいいですか？」

コラは真面目な表情になった。

「ぜひともお話ししなくては。でもその前に、昨晩、別れてからの出来事を聞かせて欲しいわ」

「いいえ、大したことは起きませんでしたよ。要するに……予想外の出来事は何も。あなたの家にやって来たカーペットは肩透かしを食わされ、《人殺し三人組》はわたしの家で電動保安装置に捕まえられた。あれがどんな働きをするのか、あなたもご覧になりましたよね。子供たちに操作方法を教えたときに」

「とっても献身的ね、あの子たち」

ルパンはかすかに戸惑いながらも、こう答えただけだった。

「ええ、とても頭のいい子たちです」

それから彼はすぐに続けた。

「予想外の出来事は何もないというのは、不正確でした。ひとつ思いがけない事件がありましてね。もっともわたしは、さほど驚きませんでしたが。折悪しくドースンが、中庭の鉤爪に挟まれてしまいました。彼はわたしのガラスケースから、例の本を盗みに来たのです」

「まさか！　何のために？」

「ああ、彼は見かけどおりの気取り屋の閑人ではない。わたしたちを、まんまと丸め込んでいたのです。彼はイギリス課報部の部長ですよ」

「ドナルドが？」

「ええ、そうです。あなたの遊び友達で、無精者のドナルド・ドースンがね」

「本当に？　間違いないの？」

「昨日も説明したじゃないですか」

彼は肘掛け椅子に近寄り、勇気を奮い起こした。

「聞いてください、コラ。これから、びっくりするような話をします。わたしもあなたを騙していました。でも、悪気があってではありません。わたしが持っている身分証は、友人のものです。わたしはアンドレ・ド・サヴリー大尉ではなく、アルセーヌ・ルパンなのです……」

ところがコラ・ド・レルヌが見せたのは、ただ喜びの表情だった。

「まあ、なんて嬉しいんでしょう！」

「嬉しいですって？　アルセーヌ・ルパンが何を意味するか、あなただっておわかりでしょう？　それはあたりまえの幸福を禁じられた生き方なんです」

ルパンは立ちあがって行ったり来たりを始めたが、今度はソファに深々と腰かけた。

コラは彼に歩みより、隣に腰かけた。そしてバッグから黄ばんだ手紙を取り出すと、ルパンに見せた。

「前から知っていました」と彼女は厳かに言った。「父のレルヌ大公が亡くなる前に書いた遺書に、こんな一節があったのです。《四人の友人たちのなかに、あの比類なきアルセーヌ・ルパンがいるらしい。わたしは冒険心に富んだあの個性的な人物が、恐ろしいとは思っていない。むしろその逆なのだ！　彼は偽名を使っている。四人のなかの誰がルパンなのか、わたしにはついに見破ることができなかった。おまえはじっくりと観察して、ルパンを見つけ出すといい。彼ならきっと、願ってもない支えになってくれるだろう。彼は間違いなく、名誉を重んずる人物だ》これをどうお思いになる？」

「レルヌ大公は独立心が強く、孤独を愛する人でした。だから気にかけなかったのでしょうが……」

コラは熱い口調でさえぎった。

「わたしも父のようでありたいと思っています。父は遺書の先で、《幸せになる道を切り拓きなさい》とも言っています。これは意味深い言葉です。だからわたしは、このアドバイスに従う決心をしました。

わたしの意志は決まっています。あなたと結婚します」

「それはできません。前にも言ったとおり、わたしは結婚できないんです」

「どうして？　戸籍のせいで？」

「ああ、戸籍なんて問題じゃない。予備もたくさんありますからね……」ルパンは動揺を隠そうと、冗談めかして言った。

「わたしには、あなたの、本物の戸籍で充分です。あなたの妻になれたら、誇らしいわ。聞いて欲しいの、アンドレ——アンドレと呼んでもいいわね。そのほうが慣れているから——わたしはあなたを愛しています。きっとあなたも、わたしを愛しているはずです」

「コラ、そんな喜びをわたしにちらつかせるなんて、残酷なことですよ」

「どうして？　わたしはあなたを愛している。全身全霊を傾け、愛しているんです。でもあなたは否定するのですか？　わたしを愛していることを」

ルパンは黙っていた。コラはほとんど叫ばんばかりだった。

「残酷なのはあなただわ！　あなたのせいで、頭がどうかなってしまいそうよ……」

そして彼女は泣き始めた。

涙を見て動転したルパンは、それ以上抵抗できなかった。

「ああ、いとしい人」と彼は口ごもるように言った。「もちろん、あなたを愛しています。もう、あなたなしではいられません。あなたの顔が見たい。声が聞きたい。なんて気高く、美しいんだ。あなたのような人はめったにいない。わたしはあなたのためだけに生きているんです。ええ、愛しています。ひと目見たときから、ずっと愛していました。そのときから、あなたのことだけを考えてきた。わたしの命はあなたのものです。あなたの前に愛した女は一人もいません。本当に愛した女は。わたしがそう言うのを聞きたいなら、何度でも言いましょう。でも、結婚だけは望まないでください。わたしは結婚すべきではないのです」

コラは喜びに満ちた顔をして答えた。

「わたしを王妃にするために？　まだそんな子供じみた、古臭い夢を見ているの？　あの哀れなオックスフォード公と結婚して王妃になることなんか、わたしにはどうでもいい。彼は凡庸で打算的な男よ。わたしと結婚できなくても、ちっとも悲しんだりしないわ。わたしよりもお似合いの、イギリス紳士の娘を選ぶでしょう。妃殿下として宮廷に出るのが嬉しくてたまらない娘を。わたしはあなたの王妃になります。それがわたしのただひとつの願いです。そしてパンタンの子供たちの王妃に。レルヌ邸を売って、ヘアフォール伯爵からティユールの城を買いましょう。そこであなたは教師と都市計画家の仕事をまた始めるの。わたしも手伝います。パリには仮の住居として、この隠れ家を残しておけばいいわ。愛の告白の思い出が詰まっているから」

アルセーヌ・ルパンは寂しげに答えた。

「それではあまりにすばらしすぎる。わたしにはもったいないことだ」

「まだどんな不都合があるの？　あの二人の子供、ジョゼファンとマリ＝テレーズのこと？」

ルパンは身震いをした。それでもコラは、落ち着き払って続けた。

「そういえば、あの子たちはどうしたの？」

「もうパンタンに戻しました……お金を与えて。これからは、わたしの防塁で暮らすことになるでしょう。ジョゼファンは役に立ちますから。子供たちのグループのコーチ役ですよ」

「わたしにはすべてわかってます」とコラはやさしく言った。「ジョゼファンはあなたに似ているもの。マリ＝テレーズにもあなたの面影があるわ……魅力的な子供たちよね。だからあの二人は、障害でも何でもありません。彼らのためにも、わたしの愛情を取っておきます。二人を養子にしましょう」

「ああ、コラ。あなたをどれほど熱烈に愛しても、愛しきれないほどだ。なんて素敵な妖精なんだろう、あなたは。カモールのお嬢さんは……実はレルヌ大公が劇的な死を遂げたあと、昔の小説にちなんでそんなあだ名がつけられていたんです」

「まあ、知らなかったわ。でも、面白いわね……さあ、話を戻しましょう。いいのね。結婚を受け入れてくれるわね？」

「わたしの負けです。負けるのには慣れていませんが、それだけあなたを熱烈に愛しているということです」

コラはルパンに抱きしめられ、その肩に頭を預けた。そして二人は長いキスを交わした。

やがてルパンは立ちあがり、こうささやいた。

「あなたの唇の甘美な思い出が、ずっと忘れられなかった。あなたは前にも一度、唇を許してくれました。おぼえていますね？　誘拐されたときのことを」

「助け出されたときのことよ」と彼女は訂正した。「何もかも、あなたのおかげだわ。ああ、あなたをどんなに愛していることか」

「コラ……わが恋人」

ルパンはもう一度コラを腕に抱いた。そして突然、心配そうに叫んだ。

「そうだ、もうひとつ片づけるべき問題が残っていました。あの金貨のことです」

「金貨なら地下納骨堂に入れたままよ。あれをどうするつもり？」

「あんなものいりません。忌まわしいだけだ。欲しいのはあなただけです。あとは何もいらない。あなたがレルヌ邸を持っているだけでも余分なのに……」

「あなたらしいわね……でも安心して。屋敷は抵当に入っていますから……」

「あの持参金は、ハリントン卿に返しましょう。それがいちばん簡単だ。送られてきたときよりもイギリスに送り返すほうが、きっと簡単でしょう」

「まあ、とんでもない……わたしは反対よ。あなたは財産の大部分を、科学のために捧げてしまったはずだわ。だからあの金貨が、いずれ必要になるでしょう。わたしたちの事業のために、取っておいてもいいわね。預金しておきましょう」

「わかりました。でも元金と利息は、すべて他人《ひと》のために使うという条件でね」

「これで決まりだわ。あとから問題も出ないでしょう。ああ、アンドレ、これからわたしたち、どんなすばらしい人生を送るのかしら」

コラがもう一度ルパンにしなだれかかったとき、ノックの音がした。書斎のドアがあき、老乳母が顔を覗かせる。

「食事の支度ができました」と彼女はそっけない口調で告げた。「スフレがちょうどふくらんでいます。待ってはくれませんよ」

「わかったよ、文句を言うな。でも聞いてくれ。すごい知らせがある。わたしは結婚することにした」

けれども老乳母は、ひと言こう言っただけだった。

「遅すぎたくらいです」

アンドレはコラを指さした。

「彼女と結婚するんだ。このマドモワゼルと」

乳母はコラのそばへ行き、にっこりと笑って言った。

「おかげで二人分の乳母になれるわ。しっかりお世話しますよ」

ルパンはコラにむかって、にこやかに腕を差し出した。

「しあわせだとお腹がすくな。さあ、お昼にしましょう。昨晩の出来事を、詳しくお話しします。ドナルド・ドースンとどんな話をしたかを」

それから身を乗り出し、コラの髪にそっと唇をあててこう続けた。

「これがアルセーヌ・ルパンの最後の冒険になるかどうかはわかりません。でもわたしは確信しています。これが最後の恋に……ただひとつの恋になると」

〈付録〉

# アルセーヌ・ルパンの逮捕　〔初出版〕

ここに収録するのは、言うまでもなくアルセーヌ・ルパン・シリーズの第一作である。一九〇五年に創刊されたフランスの月刊誌《ジュ・セ・トゥ（Je sais tout）》第六号（一九〇五年七月十五日）に掲載された。訳出には当時掲載のままの原文をもとにしている。

ルブランは、一九〇七年に《ジュ・セ・トゥ》に掲載した一連の短篇を収録した短篇集『怪盗紳士ルパン』を刊行するにあたって、その冒頭を飾る本作に大幅な改訂を加えている。これまで数多く邦訳されてきた「アルセーヌ・ルパンの逮捕」は、すべてこの改訂版を原文としたものなので、今回ここに収録した〔初出版〕は日本では単行本初収録となる。

ルパン最初の冒険にルブランがどのような改訂を行なったのかを読み比べてみるのも一興だろう。

（原題　L'Arrestation d'Arsène Lupin／《ミステリマガジン》二〇一二年七月号掲載）

　思えばおかしな旅だった！　出だしはまさに上々！　あんなに幸先のいい旅は、ぼくにも初めてのことだった。プロヴァンス号は大西洋航路を行く快適な定期客船で、船長は愛想のいい好人物だ。船には選りすぐりの上流人士たちが集っていた。すぐにお互い顔見知りになり、娯楽もあれこれ催された。外界から隔絶された名も知れぬ孤島で、自分たちだけの世界にこもっているような心地よさから、乗客どうし自然と垣根をとりはずした。

　けれども最後の一筋の糸が、切り離されたつもりの外界と大洋に浮かぶ小島とのあいだに残っている。海の真ん中で、ようやく少しずつほどけていく糸が。

　荒れ模様の空のもと、フランス沿岸から五百海里《マイル》のところで無線電信がこんな知らせを運んできた。

〈貴船にアルセーヌ・ルパンあり。一等船室、金髪、右前腕に傷、一人旅、使っている偽名はR…〉

ちょうどそのとき暗い空に激しい雷鳴が轟き、電波がとぎれてしまった。そのため電文の続きは届かず、アルセーヌ・ルパンの偽名は頭文字しかわからずじまいになった。

事が事でなければ、めったなことで秘密が漏れたりはしなかっただろう。けれどもこれはどんなに堅い口もこじあけ、漏れ出てしまう類の知らせだった。いかにして伝わったかはさだかでないが、かのアルセーヌ・ルパンがわれわれのなかに隠れていることは、その日のうちに乗客全員の知るところとなった。

アルセーヌ・ルパンが、われわれのなかにいるだって！　神出鬼没の怪盗ルパン。その武勇の数々が、数カ月前から新聞の紙上をにぎわしている謎の人物！　当代切っての名刑事ガニマールとの死闘は、興味津々の展開を見せていた！　アルセーヌ・ルパンは芸術家肌の紳士で、狙いをつける先は貴族の城館や金持ちのサロンと決まっている。ある晩などはショルマン男爵の家に忍び込み、何も盗らずに帰っていった。あとに残された名刺には、こんな言葉が記されていたという。〈本当に価値ある家具がそろったところで、あらためて参上しよう〉と。彼は千の顔を持ち、あるときは運転手、またあるときはテノール歌手、競馬の予想屋から良家の子弟、青年から老人、マルセイユの営業マンからロシアの医者、スペインの闘牛士へと、次から次に姿を変えるのだ！

考えてもみてほしい。大西洋航路の狭い船上を、アルセーヌ・ルパンが行き来しているなんて！　しかも皆が絶えず顔を合わせる一等船室の一角、食堂、サロン、喫煙室に！　アルセーヌ・ルパンはこの男かもしれない……それともあの男……隣の席の客か……相部屋の男か……

「こんな状態が、あと五日間も続くのね！」次の日ミス・ネリー・アンダーダウンが、ため息混じりに言った。「とっても耐えきれないわ！　早く誰か捕まえてくれないかしら」

　それから、ぼくにむかってこう続けた。

「ねえ、ダンドレジーさん。あなたは船長さんともずいぶん仲良くされているようだから、何かお聞きになっているんじゃない？」

　ミス・ネリーの気を惹くためなら、多少は知っていることもあると言いたいくらいだった！　華やかで、どこにいてもひときわ目立ってしまう。彼女はそんな女性のひとりだ。富と美貌をふたつながらに備え、注目を集めずにはおかない。そして周囲にはいつも、熱心な賛美者たちを従えている。

　フランス人の母親のもとでパリに育ったミス・ネリーは、シカゴに住む大富豪の父アンダーダウン氏のもとへむかうところだった。付き添い役は、友人のジャーランド夫人だ。

　初めて会ったそのときから、ぼくはかりそめの恋人役に名乗りをあげた。けれども同じ旅の道連れ同士、急速に親しくなっていくうち、ミス・ネリーの魅力に心底まいってしまった。黒く大きな瞳と目が合うと、ひとときの遊びとはいえないくらいに心がときめくのだ。気がかりな恋敵《ライバル》はといえばただひとり。なかなかハンサムな青年で、上品で控えめな物腰をしている。ときにはミス・ネリーも、ぼくのパリっ子らしい〝あけっぴろげな〟態度よりも、彼の寡黙な性格のほうがお気に召しているようだ。

ミス・ネリーがぼくにたずねてきたとき、ちょうどその青年も取り巻きたちのなかに加わっていた。みんなしてデッキに出て、ロッキングチェアにゆったりと腰かけた。前日の嵐がすぎて空は晴れ渡り、心地よいひとときだった。

「いいえ、たしかなことは何も聞いていません」とぼくは答えた。「けれども、わたしたちにだって調べられるのでは？　アルセーヌ・ルパンの宿敵ガニマール刑事がするみたいにね。実際のところ、大して難しい問題じゃありませんよ。謎解きに必要な手がかりがあるのですから。第一に、ルパンはR…氏を名乗っている。第二に、ひとり旅。第三に金髪。あとは乗客名簿と照らし合わせ、消去法で行けばいいのでは？」

名簿はポケットにある。ぼくはそれを取り出し、目を通した。

「名前の頭文字が条件に合う人物は、十三人です。見ればおわかりのとおり、これら十三人のR…氏のうち九人は、夫人か子供か使用人を連れています。ひとり旅なのは残りの四人。ラヴェルダン侯爵と…

…」

「彼は大使の秘書官よ」とミス・ネリーはさえぎった。「わたしもよく知っている方だし」

「ロースン少佐……」

「それなら、わたしの叔父ですが……」と声がする。

「リボルタ氏……」

「わたしです」と傍らにいたひとりが言った。見事な黒髭で顔じゅうが覆われたイタリア人だ。

ミス・ネリーはおかしそうに笑い声をあげた。

「この方なら、どう見ても金髪じゃないわね」

「そうなると」とぼくは続けた。「ルパンは残るひとり、つまりロゼーヌ氏ということになります。どなたか、ロゼーヌ氏とお知り合いの人は？」

みんなじっと押し黙っている。するとミス・ネリーが、あの寡黙な青年に声をかけた。いつも彼女に付き添っているので、ぼくとしては心中穏やかじゃない。

「ねえロゼーヌさん、何とかおっしゃいなさいな」

皆の目が青年にむけられる。彼は金髪だった。

正直言って、ぼくはいささか胸が痛んだ。気まずい沈黙があたりを包みこむ。きっとその場にいるほかのみんなも、同じような重苦しさを感じているのだろう。もっともそれは、道理に合わない話だった。青年の態度には、怪しいところなど何ひとつなかったのだから。

「どうして黙っているのかというと」と青年は口を開いた。「わたしの名前、一人旅であること、髪の色からして、自分でも同じように推理を進めた結果、同一の結論に達したからですよ。だから逮捕されてしかるべきだと思っているんです」

こう話す青年の表情は、どことなく奇妙だった。もともと薄い唇を、血の気が失せるほど真一文字に結び、目は真っ赤に血走っている。

きっと冗談のつもりなのだろう。けれども彼の顔つきや態度に、ぼくたちは動揺していた。するとミス・ネリーが、無邪気なようすでこうたずねた。

「でも、腕に傷なんてありませんよね？」

「たしかに、傷はありません」と青年は答えた。

そして神経質そうに袖をまくると、腕を露にした。けれどもぼくは、すぐにおやっと思った。ミス・ネリーと目が合う。青年が見せたのは、左腕だったのだ。

そのことをはっきり指摘しようとしたとき、別の騒動が持ちあがって、ぼくたちの注意はそちらにむかってしまった。ミス・ネリーの友人のジャーランド夫人が、こちらに駆けよって来たのだ。あわてふためくジャーランド夫人のまわりを、みんながいっせいに取り囲む。夫人は何とか気を落ち着かせると、口ごもりながらこう言った。

「宝石も、真珠も……みんな盗まれてしまったわ！」

もっともあとでわかったのだが、根こそぎ盗まれたわけではなかった。なんとも奇妙なことに、賊は盗むべき宝石を選別していたのだ！　ダイヤモンドをちりばめた星型の髪飾りや丸いルビーをはめたペンダント、ネックレスやブレスレットから、大きな宝石はそのまま残し、小さくて珍しい宝石だけが抜き取られていた。つまりは、高価で場所をとらない宝石だけが。

こんな仕事をやってのけるには、ジャーランド夫人がお茶を飲みにいっている隙に、人目の多い廊下で白昼堂々船室のドアをこじ開け、帽子の箱の底に隠した小袋を見つけ出し、中味を取り出して選り分けねばならないのだ！

盗みの手口が知れわたると、乗客たちは皆、声をそろえてこう叫んだ。これはルパンのしわざだと。たしかにいかにもルパンらしい、謎めいて手の込んだ、驚くべき手口だ。

夕食のとき、ロゼーヌ氏の両側は席が空いたままだった。その晩、彼は船長に出頭を命じられたという。

ロゼーヌは逮捕されたに違いない。誰もがそう思って、心の底からほっとした。やれやれ、ひと安心だ。その晩は皆、トランプやダンスに興じた。とりわけミス・ネリーは、びっくりするほどはしゃいでいた。初めのうちこそロゼーヌのほめ言葉を笑顔で受け入れていたが、今ではそんなことほとんど忘れているらしい。彼女の魅力に、ぼくはすっかりまいってしまった。真夜中近く、さえざえと輝く月明かりのもとで、ぼくは心を込めて愛の告白をしたが、どうやら彼女のほうも悪い気はしてないようだ。

けれども翌日、誰もが驚いたことに、ロゼーヌは証拠不充分で釈放されてしまった。ボルドーの有力な仲買業者の息子で、正規の身分証も持っている。それにどちらの腕にも、ほんのかすかな傷跡もなかった。

「身分証！　身分証だって！」とロゼーヌを疑っている者たちは叫んだ。「アルセーヌ・ルパンなら、そんなものいくらだって用意するさ！　傷なんて初めからなかったんだ！」

それに対し、こう反論する者もいた。犯行時刻、ロゼーヌはデッキを散歩していた。それははっきり証明されていると。すると反ロゼーヌ派は、さらにこう言い返した。

「アルセーヌ・ルパンほどの男なら、現場にいなくたって盗み出せるんだ」

こうして百家争鳴はあったけれど、次の一点だけは誰も文句がつけられなかった。ひとり旅で金髪で、名前の頭文字がRである男は、ロゼーヌのほかにいるだろうか？　それがロゼーヌでないとしたら、無線電信は誰のことを言っているんだ？

昼食が始まる数分前、ロゼーヌは大胆にもぼくたちのグループに近よってきたが、ミス・ネリーとジャーランド夫人はさっさと席を立ち、むこうに行ってしまった。

きっと怖がっているのだろう。

一時間後、手書きの回状が船の乗務員、水夫、各等級の乗客の手から手へとまわされた。ルイ・ロゼーヌ氏はアルセーヌ・ルパンの正体を暴いた者、もしくは盗まれた宝石を隠し持つ人物を見つけた者に、一万フランの賞金を与える、と回状には書かれていた。

「賊を捕らえる手助けが誰からも得られなければ、ぼくが相手になってやる」とロゼーヌは船長に言った。

ロゼーヌ対アルセーヌ・ルパン。いやむしろ、みんなはこんな言い方をしていた。アルセーヌ・ルパン本人対アルセーヌ・ルパンと。この対決が面白くなかろうはずはない！

対決は二日間にわたった。ロゼーヌはあちこち歩きまわって調べたり、乗務員のなかに入って聞き込みをしたりしていた。夜になってもまだ、船内をうろつく彼の影が見られた。

いっぽう船長も、精力的に動いた。プロヴァンス号の船内は、隅々まで捜索がなされた。盗まれた品はどこに隠されているかわからないという大義名分のもと、船室も例外なく調べられた。ルパンのことだ、自分の部屋に置いておきはしないだろう。

「いずれ何か見つかりますよね？」とミス・ネリーはぼくにたずねた。「いくらルパンが魔法使いさながらだって、ダイヤモンドや真珠を消し去ることなんか、できませんもの」

「そうとは限りませんよ」とぼくは答えた。「といいますか、帽子の内側や上着の裏地といった、みんなが身につけているものを調べるべきでしょうね」

ぼくは9×12型のコダック・カメラをミス・ネリーに見せた。それで彼女の色々なポーズを、撮りまくっていたのだ。

「これくらいの小さなカメラのなかにだって、ジャーランド夫人の宝石を隠せると思いませんか？　写真を撮るふりをしていれば、誰にも怪しまれませんから」

たしかにいくら調べても、成果はまったくなかった。いや、ひとつだけ、皮肉で愉快な成果があった。船長の懐中時計が盗まれていたのだ。

これには船長もそうとう頭にきたらしく、調査にはさらに熱がこもった。そして何度も訊問したロゼーヌを、いっそう厳しく監視させた。翌日、懐中時計は副船長のカラーのあいだから見つかったのだった。

何もかも驚異的で、アルセーヌ・ルパンのユーモアあふれる手口をよくあらわしていた。間違いなくルパンは、盗みの道の芸術家といえるだろう。いっぽう、陰気で辛抱強いロゼーヌを眺めるにつけ、そしてこの奇妙な人物が担っている二重の役割のことを考えるにつけ、ぼくは敬服せずにはおれなかった。

ところがアメリカに到着する前々日の晩、当直の乗務員がデッキの薄暗い片隅でうめき声を聞いた。近よってみると、男がひとり横たわっている。灰色の分厚いマフラーで顔を包まれ、両手を細紐で縛られていた。

いましめを解いて立ちあがらせ、皆でせっせと介抱した。

男はロゼーヌだった。

ロゼーヌはデッキを調べているときに襲われ、金品を奪われたのだった。上着にピンで留めた名刺には、次のように書かれていた。〈ロゼーヌ氏の一万フランはありがたく頂戴した。アルセーヌ・ルパン〉と。

実際には、盗まれた財布には千フラン札が二十枚入っていたのだけれど。

自作自演の狂言強盗だろうといって、不幸なロゼーヌを責める声もあがった。けれども、あんなふうに自分を縛るのは不可能だし、名刺に書かれた文字もロゼーヌの筆跡とははっきり異なっていた。むしろ、船の古新聞に載っていたアルセーヌ・ルパンの筆跡によく似ている。

こうして、ロゼーヌはアルセーヌ・ルパンでないことが明らかになった。アルセーヌ・ルパンは別にいることが、あらためて確認された。しかも、何とも恐ろしい行為によって！

誰もが戦々恐々としていた。とてもひとりで船室になんかいられない。もちろん、あえて人気《ひとけ》のないところへも行かず、みんな用心深く、互いに信用できる者どうしでかたまっていた。親しい間柄でも、本能的な猜疑心から敬遠し合う者もいた。脅威の源は、監視下に置かれたひとりの人間にあるのではない。それならば、まだ危険は少ない。いまや……いまや全員がルパンだった。神経過敏になるあまり、ルパンならどんなことでも奇跡のようにやってのけるような気がしてきた。思ってもみないような変装も、やつならできるかもしれない。尊敬すべきロースン少佐になったあとには威厳に満ちたラヴェルダン侯爵になり、さらには別の人物にと次々に姿を変える。犯人を指し示す頭文字など、もうあてにならないのだから。もしかしたらルパンはみんなが知っている人物、妻子や召使を連れている人物かもしれないのだ。

アメリカ側からの無線電信が届き始めたけれど、ルパンに関する知らせは何もなかった。少なくとも、船長は乗客に伝えなかった。知らせがないからといって、みんなが安心したわけではない。

最後の一日は、いつ果てるとも知れないほど長く感じられた。何か不幸な事態にならないかと、不安に駆られながら時をすごした。次は盗難や、軽傷を負わされる程度ではすまないだろう。もしかしたら、殺人だっておきかねないかもしれない。アルセーヌ・ルパンがささいな盗み二件で満足するとは、とうてい考えられなかった。ルパンこそ絶対の支配者であり、船を管理するはずの人たちは手も足も出せない。乗客の財産や生命も、何もかもあいつの意のままなのだ。

けれども実を言うと、ぼくには心地よいひとときだった。だってそのあいだに、ぼくはミス・ネリーの信頼を得ることができたのだから。次々に起きる事件にすっかりショックを受けたうえ、生来こわがりだったので、彼女は自然とぼくに保護を求める気持ちになっていた。もちろんぼくのほうは、喜んで守ってあげるつもりだ。

だからルパンには、感謝してもいいくらいだ。ぼくたちが親しくなれたのは、彼のおかげじゃないか？　ぼくが甘い夢に酔えたのも、ルパンあってのことだった。もちろんそれは恋の夢だ。けれども、ただの浮わついた夢ではなかったと告白してもいいだろう。ダンドレジー家はポワチエの由緒ある家系だが、いささか落ちぶれていた。金持ちと縁家になれば失われた栄光を取り戻せると考えるのは、貴族としてふさわしからぬことではあるまい。

それにネリーのほうも、この夢にはけっこう乗り気のようだ。にこやかに笑う目に自信を深め、やさしい声に希望がわいた。

こうして最後の瞬間まで、ぼくたちはデッキの手すりに肘をついてより添い、かなたからアメリカの海岸線が近づくのを眺めていた。

かのアルセーヌ・ルパンは誰だったのか？

船内の捜索はすでに中止され、あとはただ待つだけだった。一等船室から、移民がひしめく三等船室にいたるまで、誰もが不可解な謎が解明される最後の瞬間を待ちわびていた。アルセーヌ・ルパンは何者なんだ？　かのアルセーヌ・ルパンは、いかなる名前のもと、どんな仮面の下に隠れているんだ？

そしていよいよ、最後の瞬間がやって来た。この先百年生きるとしても、あのときのことは何から何まで忘れやしないだろう。

「顔色がお悪いですよ、ネリーさん」とぼくは言った。彼女はぐったりとして、ぼくの腕につかまっている。

「あなただって！」と彼女は答えた。「いつもと様子が違うわ！」

タラップが降ろされる。けれども、ぼくたちが上陸を許される前に、どかどかと乗船してくる連中がいた。税関吏、制服の役人、赤帽たちだ。

ミス・ネリーは口ごもるように言った。

「もしかしてルパンは、海の真ん中で逃げてしまったのかも。そんなことになっても、驚かないわ」

突然、ぼくははっとした。どうしたのかとミス・ネリーがたずねた。

「ほらあそこ、タラップの端に小柄な老人が立っているでしょう……」

「傘を持って、深緑色のフロックコートを着た？」

「あれはガニマールです」

「ガニマール？」

「ええ、有名な警官で、アルセーヌ・ルパンは自分の手で捕まえると常々公言している男です。なるほど、アメリカ側から情報が入らなかったのは、そういうわけなのか。ガニマールが来ていたからなんだ。彼はほかの人間に手出しをされたくなかったんです」

「それじゃあ、アルセーヌ・ルパンはきっと捕まるんでしょうね？」

「さあ。ガニマールは、変装したルパンしか見たことがないようです。今使っている変名がわからなければ……」

「ああ！」ミス・ネリーはもう、女性特有の残酷な好奇心でいっぱいだった。「逮捕の瞬間を見られるかしら！」

「まあ、落ち着いて。きっとルパンはもう、敵の存在に気づいているでしょう。だから最後になって、ガニマールの目が疲れてきた頃に出て行くと思いますよ」

上陸が始まった。ガニマールは傘を杖代わりにし、さりげない様子で立っている。手すりのあいだを急ぎ足で進む人々には、目もくれていないようだ。乗務員のひとりがうしろに立って、ときおり何か説明している。

ラヴェルダン侯爵、ロースン少佐、イタリア人のリボルタが次々に通りすぎる。ほかにも、たくさんの人々が……ロゼーヌが近づいてくるのが見えた。

気の毒なロゼーヌ！　あのとんだ災難から、まだ立ち直っていないようだ！

「やっぱり、彼なんじゃないかしら」とミス・ネリーは言った……「どうお思いになる？」

「思うに、ガニマールとロゼーヌをいっしょに写したら面白いでしょうね。さあ、このカメラで。ぼくは手がふさがっているので」

ぼくはカメラを手渡したが、彼女がそれを使うのは間に合わなかった。ロゼーヌは歩いていく。乗務員が体をかがめて、ガニマールに耳打ちしたけれど、警官は小さく肩をすくめただけだった。そしてロゼーヌは通りすぎた。

それでは、いったいアルセーヌ・ルパンは誰なんだろう？

乗客はもう、二十人ほどしか残っていない。ぼくはミス・ネリーに言った。

「もう待っていられませんよ」

ミス・ネリーは歩き始めた。ぼくもそのあとをついてゆく。ところが十歩も行かないうちに、ガニマールが前をさえぎった。

「どういうことですか？」とぼくは大声で言った。

ガニマールはぼくをちらりと眺め、それからじっと目を合わせて言った。

「アルセーヌ・ルパンだな？」

ぼくは笑い出した。

「いいえ、ベルナール・ダンドレジーです」

「ベルナール・ダンドレジーは死んでいる。三年前に、マケドニアでね。どうやってきみがダンドレジーの身分証を手に入れたのか、いずれ説明してやろうじゃないか」

「どうかしてますよ！　アルセーヌ・ルパンは、Rという頭文字の名前で乗船しているんですよ」

「ああ、それもきみの仕掛けたトリックだ。追っ手を攪乱するためにな！　いやはや！　なかなか見事だったよ。だが、今度ばかりはつきに見放されたようだ。さあ、ルパン、いさぎよく観念しろ」

ぼくは一瞬ためらった。いきなりガニマールに右腕を叩かれ、思わず苦痛のうめき声がもれた。無線電信が伝えてきた傷が、まだふさがっていなかったのだ。

こうなったらもう、あきらめるしかない。ぼくはミス・ネリーをふり返った。彼女は真っ青な顔をし、よろめきそうになりながら話を聞いている。

目と目が合うとミス・ネリーはうつむき、あずけてあったコダック・カメラを見た。そして突然、はっとした。もしかして、いやきっと彼女は、ことのしだいをいっきに理解したのだろう。そう、ロゼーヌの二万フランも、ジャーランド夫人の真珠やダイヤモンドも、あそこに隠してある。ガニマールに逮捕される前に用心してあずけておいたカメラの、黒いなめし革の隙間に。

ああ！　誓って言うけれど、ガニマールと二人の部下に取り囲まれたこの重苦しい瞬間、人生の破滅も逮捕されることも人々の敵意も、ぼくにはどうでもよくなっていた。気にかかるのはただ、ミス・ネリーが託された品をどうするかということだけだ。

ぼくの有罪を示すこの確固たる証拠品が見つかっても、そのこと自体は恐るるに足らない。けれども、ミス・ネリーがそれを警察に渡す決心をするかどうかが心配だった。

ミス・ネリーはぼくを売り渡し、破滅させるだろうか？　情け容赦ない敵としてふるまうだろうか？

それとも、女らしいやさしさやほのかな哀れみを忘れず、軽蔑を和らげてくれるだろうか？

彼女が前を通りすぎる。ぼくは黙って、深々とおじぎをした。彼女はコダック・カメラを手にしたまま、ほかの乗客に混じってタラップにむかった。

きっと、あえてみんなの前では控えたのだ。でも明日か明後日か、いずれカメラは警察に渡すだろう。

ところがタラップの真ん中まで行くと、ミス・ネリーは手を滑らせたようなふりをして、カメラを岸壁と船の横腹の隙間から海中に落としてしまった。

そのまま彼女は遠ざかっていく。

やがて美しい人影は群衆にまぎれ、またちらりと見えたかと思うと、すっかり消えてしまった。終わった。永遠に終わってしまった。

そのままぼくは、しばらく立ちすくんでいた。悲しかった。けれどもまた、何か甘酸っぱい気持ちで心は満たされていた。ガニマールの驚きを尻目に、ぼくはため息をついてこう言った。

「まっとうに生きられないのも、つらいことさ……」

（平岡　敦訳）

〈付録〉

# アルセーヌ・ルパンとは何者か?

このエッセイは、ルブランがフランスの雑誌《ル・プティ・ヴァール（Le Petit Var）》に一九三三年に寄稿したものであり、二〇一二年五月にフランスで刊行された『ルパン、最後の恋』の原書にも収録されている。

本文中で「アルセーヌ・ルパンの逮捕」の内容に触れている部分があるので、未読の方は同作を読了後にお読みいただきたい。

（原題 Qui est Arsène Lupin ?／《ミステリマガジン》二〇一二年七月号掲載）

## アルセーヌ・ルパンはいかにして生まれたか？

これはまったくの偶然だった。というのも、それまで私はこういったタイプの冒険物の主人公を生みだそうとは考えたこともなかったからである。また、ルパンが誕生したあとも、自分の作品においてルパンがかくも重要な位置を占めるようになるとは、すぐには気がつかなかった。

当時私は、わずかなりとも成功を収めていた風俗小説や恋愛小説の世界から出ようとはせず、これらの作品を定期的に《ジル・ブラス》紙に寄稿していた。

ところがある日、親しくしていた編集者のピエール・ラフィットが、《ジュ・セ・トゥ》の創刊号向けに、冒険小説を書いてくれないかと依頼してきた。これまでそうしたものに手をつけたことがなかったので、書くことにたいへん戸惑った。

それでも一カ月後には、ル・アーブルとニューヨークを結ぶ定期客船を舞台に、乗客の一人が語る一人称の小説をラフィットに渡していた。あらすじは「悪天候のなかアメリカに向かっている船に、電信電報が入る。それによれば満員の船客の中に、かの大泥棒、アルセーヌ・ルパンが紛れ込んでいるという。使っている偽名はR…。だが、ここまで電信が入ったところで、雷のために通信が途切れてしまった。ルパンが乗っているという知らせに、船内は上を下への大騒ぎになる。そして盗難事件が勃発し、頭文字がRで始まる乗客たちがみな疑われだす。だが最後になってようやくルパンの正体が判明する」というものだ。ルパンの正体は、実は物語の語り手だったというオチなのだが、その語り口が終始客観的なものだったので、読者は語り手に疑いの目を向けようとは思わなかったらしい。

小説は大評判となった。しかしながら続篇を望むラフィットの頼みを私は断った。当時のフランスでは、謎解きや探偵の小説というのは低俗なものという扱いだったからだ。

その後半年ほどというもの私は拒み続けていたが、それでも気持ちは動き始めていた。いっぽう、ラフィットも決して諦めなかった。たとえば、私が「物語の最後でルパンは投獄されることになった。だから、もう続きはないんだよ」と言うと、まったく動じることなく、こう言ったものだ。

「そんなことは簡単だ。脱獄させればいいんだよ」

こうして二作目、アルセーヌ・ルパンが独房にいながらにして「作戦」を指揮するという形で物語が続き、三作目でルパンは脱獄を果たした。脱獄に関してはふと思いついて、警察庁の長官に相談に行ってみた。長官はとても快く迎え入れてくれ、原稿を見てあげるとまで言ってくれた。だが一週間ほどして長官の名刺と共に戻ってきた原稿には、コメントひとつつけられていなかった。きっと、あの脱獄方法はまったく不可能だと思ったのだろう。

それ以降、私はアルセーヌ・ルパンに囚われの身となった。その冒険談はまずイギリスで翻訳出版され、その後アメリカで、そして今では全世界を駆け巡っているのだ。

『怪盗紳士アルセーヌ・ルパン』というあの記念すべきタイトルは、初期の作品を一冊にまとめようと思い、そのために何か全体に通じるタイトルをつけなければと考えたときに頭に浮かんだものである。

## 最も影響を受けた作家はエドガー・ポー

さて、ルパンの冒険の数々の中でも私が最も本領を発揮したのが、エルロック・ショルメスことシャーロック・ホームズとの数度の闘いである。だが私はコナン・ドイルの影響を受けたことはまったくないと言っておきたい。なにしろルパンが誕生したときはまだ、ドイルの作品を読んだことがなかったのだから。

むしろ影響を受けた作家たちといえば、幼い頃に読んだものだ。フェニモア・クーパー、アルフレッド・アッソラン、エミール・ガボリオなど。少し長じてからはバルザック。そう、バルザックのヴォートランには衝撃をうけた。だがさらにもっと、多くの点において影響を受けたのは、エドガー・ポーだ。私が考えるにポーの作品は、〈探偵小説〉と〈謎解き小説〉の古典である。そしてポー以降、この種の作品に身を捧げる作家はその手法を踏襲しているにすぎない――天才の手法を踏襲しているとはいえ、それでも踏襲は踏襲である。その証拠にポーは作品の主題に悲壮な雰囲気を漂わすことができたが、ポー以降の作家でそれをしようとした者はひとりもいないのだ。

それに一般的に言って、ポーの後継者たちは、ポーが切り開いた〈謎解き〉と〈探偵〉のふたつの道を同時に歩むようなことはしない。多くの場合、〈探偵〉のほうに傾く。たとえば、エミール・ガボリオやコナン・ドイル。そして、このふたりの影響を受けたフランスやイギリスの作家も同様である。私に関していえば、どちらかに傾くということはない。私の探偵物の作品は、謎解きの小説であるし、また謎解きの作品は、探偵小説である。ただし、これはルパンという登場人物がそうさせたのだということは言っておかねばならない。

## 主人公が泥棒であるということ

実際、中心になる登場人物が泥棒なのか探偵なのかで作品のつくり方は変わってくる。たとえば、主人公が探偵なら、作者は「探偵がどこを目指していくかを読者は知らない」という利点を使うことができる。探偵は犯人を知らず、読者はその探偵の側にいるからである。反対に、主人公が泥棒であれば、読者にはもう犯人がわかっている。それは主人公に決まっているからだ。

また、それとは別に、私はアルセーヌ・ルパンを泥棒であると同時に、好感の持てる青年であるという二重の特徴を持つ主人公に仕立てなければならなかった（小説の主人公は感じがよくなければならないからだ）。そのためにはルパンの泥棒行為が人として許されること、もしくはごく当たり前のこととして読者が受けとれるように、人間味あふれる姿をみせる必要があった。そこでまず、ルパンが私利私欲だけから盗みをするのではなく、盗むという行為そのものを楽しんでいることにした。さらには善良な人々には決して手をださせなかった。そして時には思いきり気前がいいところをみせた。

要するにこうした盗みのやりくちは、ある部分、情に流されたためであることを折に触れて説明することで、ルパンが勇敢で義侠心にみち、騎士道精神にあふれていることを示したのである。

## ルパンとホームズの違い

さて、コナン・ドイルが生んだシャーロック・ホームズは、事件を解明することにしか興味がない。

また人々も、ホームズがどのようにして事件を解決させたのかということにしか興味を示さない。反対に、アルセーヌ・ルパンは本人もなぜだか分からないうちに事件に巻き込まれることがある。そして必ず見事にその状況から脱する。この場合、見事にというのは、つまり前よりいくらか〝裕福〟になってということである。といっても、ルパンも時には真実を求める冒険の中に飛び込むこともある。そういう時のルパンは、ただ真実だけをポケットにいれて帰ってくるのだ。

ルパンは泥棒であるが、しかしだからといって社会の敵を気取っているわけではない。むしろルパン自身、「自分はごく普通の市民なんだよ……もし自分の腕時計を盗まれたら、泥棒だと叫ぶだろうね」と言っているくらいである。すなわちルパンは保守的で、社会的な、秩序を重んじる人間なのだ。ただ頭では秩序が大切で必要だと認めているのに、本能がそれと反対のことをする。ルパンの本能は絶えず秩序をひっくり返す方向にルパン自身を追いやるのだ。要するに〈盗み〉の才能があまりにも優れているので、泥棒をせざるを得ない運命を背負っているのである。

さて私が思うに、ルパンのシリーズには読者の興味をひく、独創的かつ重要な要素がある。当初私は、そのこともまたすぐには理解していなかった。もっとも文学というのはそういうものだ。書き手は自分が何をしなければならないか、始めたときに予測することはできない。すなわち自分の内側から出てきたものが自分という形になり、そしてしばしば自分自身の新発見につながるのだ。話を戻すと、そのルパンにおける読者の興味をひく重要なこととは、現在と過去の関係である。つまり最も現代的なものと歴史や伝説が結びついている。だがそうとはいっても、アレクサンドル・デュマのように過去の出来事を小説にして語ろうというのではなく、いにしえから残る謎を、現代の登場人物が解明しようとするのだ。アルセーヌ・ルパンはこうした謎に、いわば趣味ともいえる探究心から挑戦し続けるのである。

ルパンのシリーズのなかには、「起こった出来事は現代なのに、謎のほうは歴史に由来する」という一連の作品が存在するが、それはそういうわけなのである。たとえば『三十棺桶島』は、三十の岩礁に囲まれた島にある岩石が舞台である。ボヘミア王家の墓石とよばれるものなのだが、誰もそのいわれをしらない。言い伝えられているところでは、かつて病人がこの石の上にあがると、病が治ったという。だが作品の中でルパンは、古代にこのボヘミアの石を運んでいたドルイドたちの船がこの場所にいきついたのだろう、そして言い伝えにある病が治癒した奇跡とは、おそらく石に含まれていると思われるラジウムが作用したからに違いないということを発見したのだ（実際にボヘミアはこの頃、ラジウムの最大の産地である）。

このように歴史的な資料にもとづいて〈探偵物〉を書くと、作品の質は高まる。アルセーヌ・ルパンはいわば「羞恥心のないドン・キホーテ」という趣きの魅力的な人物であるが、その人物がさらに魅力的になり、また作品が人口に膾炙《かいしゃ》したのは、そういった形で作品の質が高まったことも、理由のひとつではないだろうか？

《ル・プティ・ヴァール》一九三三年十一月十一日　土曜日

（竹若理衣訳）

訳注　ルブランにとって、探偵小説（roman policier）とは、探偵が捜査を進めていく過程を描いた小説。謎解きの小説（roman mystérieuxもしくはroman de mystère）とは謎解きの要素が強い小説のことではないかと思われる。

また最初の小見出しを除いて、小見出しは訳者がつけた。

# 訳者あとがき

二〇一二年五月、フランスの読書界は時ならぬ怪盗ルパンの話題で盛りあがった。作者のモーリス・ルブランが一九四一年に亡くなってから七十年目にして、ルパン・シリーズの未発表作品が出版されたのだから、ミステリ・ファンならずともびっくりしたに違いない。題して『ルパン、最後の恋』（*Le Dernier Amour d'Alsène Lupin, Balland,* 2012）。文字どおりシリーズの終尾を飾る作品である。しかもここには、恵まれない子供たちのために力を尽くす教師という、今までにない新たなルパン像が示されているとあって、フランスでは各種マスコミに取りあげられるなど評判になっている。それをこうして、早くもわが国の読者にお届けすることができた。

なお原書には本篇の他、作者の孫娘フロランス・ルブラン氏による「序文」と、ルブラン研究の第一人者であるジャック・ドゥルアール氏による「前書き」、およびルブランのエッセイ「アルセーヌ・ルパンとは何者か？」が付されているが、本訳では都合により「序文」と「前書き」は割愛し、その代わりにルパン・シリーズ第一作にあたる「アルセーヌ・ルパンの逮捕」の雑誌初出版を併録することにした。三十年余りに渡って書き続けられたシリーズの、正真正銘最初と最後の作品を、この機会に読み比べてみるのも面白いのではないか。愛する女性に対して泥棒稼業を恥じるルパンの心情は、第一作の意外な結末にほろ苦い余韻を与えている。同じその思いが、最終作では中心的なテーマのひとつとして再び取りあげられているところなど、興味深いものがある。

それにしてもこのルパン「七十年ぶりの新作」はいったいどのようにして書かれ、いかなる経緯で出版に至ったのか、そのあたりの事情を先に触れた「序文」、「前書き」および《ル・フィガロ》誌に掲載された紹介文等をもとに簡単にまとめておこう。ルブランが『ルパン、最後の恋』をいったん書き終えたのが、一九三六年の九月。最後に《完 fin》と記されており、ストーリー的には一応完結している。《ロト》誌への掲載を予定してさっそく推敲が始められたが、その二ヵ月後、ルブランは脳血栓の発作を起こし、ほとんど仕事ができない状態になってしまう。結局一九三七年の初頭、震える手で加えられた推敲を最後にして、この作品は最終稿に至らないまま忘れ去られることになった。

もっともこの未発表原稿の存在自体は、一九八〇年代末から一部の人々のあいだで知られていた。当時ルブランの伝記を執筆中だったジャック・ドゥルアールは、ルブランの息子クロードの口からこの作品について聞かされ、戯曲や詩、未完小説の草稿などといっしょに目を通す機会を得たという。ドゥルアールはのちに完成したルブランの伝記 *Maurice Leblanc, Arsène Lupin malgré lui*, 1989, 2001（『モーリス・ルブラン、いやいやながらルパンにされた男』）や *Dictionnaire Arsène Lupin*, 2001（『アルセーヌ・ルパン辞典』）のなかで、『ルパン、最後の恋』についても触れている。けれどもクロードが公刊を望まなかったため（『奇岩城』のような傑作に及ばないから、というのがその理由だそうだが）、ルパン・ファンにとってその後も幻の作品であり続けた。

やがてルブランの息子クロードが一九九四年に、その妻ドゥニーズが一九九九年に亡くなると、孫娘フロランスは両親のアパルトマンを売却し、そこに残されていた祖父の膨大な書類を引き取って、自宅のガレージやクローゼットに保管しておいた。書類のなかに未発表のルパン作品が含まれているらしいことは知っていたが、それがどこにあるのか、彼女にもわからないままだった。

転機が訪れたのは二〇一一年のこと。祖父の遺品を整理していたフロランスが、クローゼットの上部にしまわれていた書類のなかから、たまたま『ルパン、最後の恋』の原稿を見つけ出したのだ。原稿はほかの書類とともに厚手の布にくるまれ、フックのついたベルトが厳重に巻いてあったという。フロランスは一読して驚いた。そこには無益な争いを好まない平和主義者、子供たちの教育を通じてよりよい未来を築こうとする理想主義者というルパンの新たな、そして現代的な一面が描かれていたからだ。その年は折しもルブランの死後七十年にあたり、フランス国内での著作権が切れる時期でもあった。それを機に、《ジュ・セ・トゥ》誌初出版のルパン・シリーズ復刻本を企画していたジャン＝クロード・ガウスヴィッチが、この忘れられた未発表原稿の話を聞き、自らが社長を務めるバラン社から出版したいとフロランスに持ちかけた結果、今回の出版が実現したのである。

発見された原稿は二種類あった。ひとつは「アルセーヌ・ルパン、最後の冒険」（*La Dernière Aventure d'Arsène Lupin*）と題されたルブラン自筆の手稿（ということは、やはりルブラン自身がルパン・シリーズの最終作として構想していたと考えていいだろう)。もうひとつはその手稿をもとにして、「アルセーヌ・ルパン、最後の恋」と改題した百六十枚のタイプ原稿。タイプ原稿には、やはりルブラン自身の筆による推敲が加えられている。今回公刊されたのは、そのタイプ原稿と推敲の内容を忠実に再現したものであり、それ以上の修正、訂正などは一切加えていないという。

ルブランは何度も推敲を加えながら、作品を仕上げていくタイプの作家だった。初めは電報文のような素っ気ないスタイルで書き、そこから文章をふくらませていくのである。そう思って読むと、『ルパン、最後の恋』はたしかにまだ推敲不足の感は否めない。また歴史小説『千年戦争』やルパンものの一作として書かれた『四人の娘と三人の息子』といった未完作品の設定を引き継いでいるため、やや唐突なストーリーの展開や、ほかのシリーズ作品との整合性など(例えばルパンの年齢。通説に従って一八七四年生まれとするならば、一九二二年には四十八歳になっているはずである。本作中で四十歳と言っているのは、本人がサバをよんでいるのか?)、気になるところも少なくないが、幾多の恋と冒険を経てルパンが最後に至った心境には、ファンにとって感慨深いものがある。

二〇一二年八月

HAYAKAWA POCKET MYSTERY BOOKS No. 1863

平《ひら》 岡《おか》 敦《あつし》

1955年生，早稲田大学文学部卒
中央大学大学院修了
フランス文学翻訳家，中央大学講師
訳書
『怪盗紳士ルパン』モーリス・ルブラン
『虎の首』『殺す手紙』ポール・アルテ
『シンドロームE』フランク・ティリエ
（以上早川書房刊）他多数

この本の型は，縦18.4センチ，横10.6センチのポケット・ブック判です.

〔ルパン、最後《さいご》の恋《こい》〕

2012年9月15日初版発行　2012年9月21日3版発行

著者　モーリス・ルブラン
訳者　平岡敦
発行者　早川浩
印刷所　星野精版印刷株式会社
表紙印刷　大平舎美術印刷
製本所　株式会社川島製本所

発行所　株式会社　早川書房
東京都千代田区神田多町2－2
電話　03-3252-3111（大代表）
振替　00160-3-47799
http://www.hayakawa-online.co.jp

（乱丁・落丁本は小社制作部宛お送り下さい
送料小社負担にてお取りかえいたします）

ISBN978-4-15-001863-4 C0297
Printed and bound in Japan

ハヤカワ・ミステリ〈話題作〉

1858 アイ・コレクター

セバスチャン・フィツェック
小津　薫訳

子供を誘拐し、制限時間内に父親が探し出せなければ、その子供を殺す――連続殺人鬼を新聞記者が追う。『治療島』の著者の衝撃作

1859 死せる獣 ―殺人捜査課シモンスン―

ロデ&セーアン・ハマ
松永りえ訳

学校の体育館で首を吊られた五人の男性の遺体が見つかり、殺人捜査課課長は休暇から呼び戻される。デンマークの大型警察小説登場

1860 特捜部Q ―Pからのメッセージ―

ユッシ・エーズラ・オールスン
吉田　薫・福原美穂子訳

海辺に流れ着いた瓶から見つかった手紙には「助けて」と悲痛な叫びが。「ガラスの鍵」賞を受賞した最高傑作。人気シリーズ第三弾

1861 The 5 0 0

マシュー・クワーク
田村義進訳

首都最高のロビイスト事務所に採用された青年を待っていたのは華麗なる生活だった。だが彼は次第に巨大な陰謀に巻き込まれてゆく

1862 フリント船長がまだいい人だったころ

ニック・ダイベック
田中　文訳

漁業会社売却の噂に揺れる半島の町。十四歳の少年は、父が犯罪に関わったのではと疑いはじめる。苦い青春を描く新鋭のデビュー作